합연기연 한 동료들

현자의 손자

12

요시오카 츠요시 지음

키쿠치 세이지 일러스트

김덕진 옮김

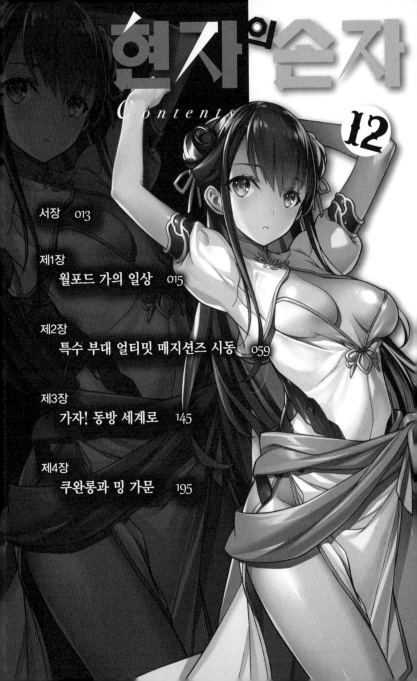

현자의 손자

Contents

12

서장

전 세계를 혼란에 빠뜨린 두 번째 마인 출현.

이번의 마인 출현은 과거 알스하이드를 공포의 구렁텅이에 떨어뜨렸던 사건과는 다르게 한 나라만이 아닌 전 세계에 공포를 주었다.

전 세계 사람들은 블루스피어 제국이라는 강대하고 거대한 나라를 순식간에 멸망시킨 마인들에게 절망하기까지 했다.

다음은 자신들의 나라가 아닐까 하고.

실제로 제국을 없앤 마인들은 다음 목표로 스이드 왕국을 선택, 침공했다.

스이드 왕국 사람들은 역시 이렇게 됐다는 생각과 왜 하필 자신들의 나라냐는 절망에 빠졌다.

그러나 스이드 왕국이 마인에게 유린당하려 할 때, 세계에 희망의 빛줄기가 드리웠다.

일찍이 마인을 토벌했던 현자 멀린 월포드.

그리고 그 손자인 신 월포드가 동료를 이끌고 스이드를 구하러 달려왔다.

순식간에 마인을 토벌한 신은 그날을 계기로 인류의 희망이 되었다.

그리고 제국의 주변국과 대국인 엘스 자유 상업 연합국, 이스 신성국과의 세계 최초의 연합을 달성해 마인들에게 대항했다.

마인령 공략 작전과 마인과의 최종 결전을 거쳐 드디어 마인과 마인의 우두머리인 올리버 슈투름을 토벌했다.

사람들은 이 전란을 『마인왕전역』이라고 불렀고, 그 전쟁에 종지부를 찍은 신과 얼티밋 매지션즈는 문자 그대로 구세의 영웅이 되었다.

그리고 그 마인왕전역으로부터 1년 반이 지나고, 신 일행은 평화를 누렸다.

제1장 월포드 가의 일상

어느 봄날.

아침에 일어나 옷을 갈아입고 거실로 내려오자 이런 풍경이 눈에 들어왔다.

"자— 앙~."

"아앙."

"실버— 맛있어?"

"마시써!"

"후후."

결전이 끝난 후, 마침내 결혼해 내 아내가 된 시실리가 마인이었던 밀리아와 슈투름의 아이인 실베스터…… 실버에게 아침밥을 먹이는 풍경이었다.

자애로운 표정이 마치 성모와 같은 시실리와 환한 미소로 밥을 먹는 실버.

그 풍경이 무척이나 소중하고 훌륭하게 보였다.

그 눈부신 장면을 감동하며 지켜보고 있으니 내 기척을 알아차린 시실리가 이쪽을 돌아보았다.

"신 군, 좋은 아침이에요."

"응. 좋은 아침, 시실리."

시실리는 결혼한 뒤로도 나를 『신 군』이라고 불렀다.

시실리가 그렇게 부르기를 원했다.

결혼해서도 나를 이름으로 부르고 싶다면서.

다만 그것은 둘만 있을 때의 이야기.

"아빠!"

나를 발견한 실버가 활기차게 나를 『아빠』라고 불렀다.

"좋은 아침. 실버. 엄마가 만들어준 밥은 맛있어?"

"아웅!"

"그렇구나— 그럼 아빠도 엄마가 만들어준 밥을 먹을까?"

"네. 신 군의 식사도 바로 준비할게요."

"응. 고마워."

내 말에 부드럽게 미소 지은 시실리는 아침 식사 준비를 위해 주방으로 떠났다.

그렇다. 나와 시실리 사이에 실버가 있으면 자연스럽게 서로를 『아빠』, 『엄마』라고 부르게 됐다.

슈투름과의 전투.

그것이 끝나고 이런 평온한 일상을 보낼 수 있게 됐다.

나는 그런 감상에 젖으며 시실리가 주방으로 가는 바람에 스스로 수저를 들고 밥을 먹는 실버를 바라보았다.

"아— 실버야. 밥이 입가에 묻었잖아."

"으응?"

혼자서 밥을 먹을 수 있게 됐지만, 아직은 식기를 다루는 것이 서툰 실버는 음식물을 입 주위에 잔뜩 묻히고 말았다.

그것을 수건으로 닦아주었다.

"자— 깨끗해졌다."

그렇게 말하며 입에서 수건을 떨어뜨리자.

"이히."

간지러웠는지— 아니면 입을 닦는 행위가 즐거웠는지 실버가 환하게 웃었다.

"귀— 귀여워…… 우리 아이, 귀여워……."

"으?"

"후후, 신 군도 참."

실버가 너무 귀여워 몸부림치고 있으니 시실리가 돌아왔다.

시실리의 뒤에는 아침 식사가 놓인 왜건을 미는 메이드장 마리카 씨와 다른 메이드도 있었다.

그녀들이 식사 준비를 해주었기에 나와 시실리도 아침 식사를 했다.

가족 셋이서 온화한 아침 식사를 맞이했다.

정말이지, 행복한 시간.

그렇게 생각하고 있을 때, 시실리가 실버를 보며 복잡한 표정을 하고 있는 것을 깨달았다.

"왜 그래? 시실리."

"처음에는 정말로 불안했어요. 갑자기 아이를 키우게 됐는데, 잘 키울 수 있을까 하고요."

"……그러게. 솔직히 나도 불안했어."

"힘들기도 했지만, 할머님과 마리카 씨, 다른 분들의 도와 주셔서 역시 양자로 받아들이길 잘했다 싶었어요."

"그렇구나."

"그리고……."

시실리는 그렇게 말한 뒤 열심히 밥을 먹는 실버의 머리를 자상하게 쓰다듬었다.

"실버가 정말 착한 아이라…… 밀리아 씨에겐 미안하지만 정말로 행복하구나 싶어서……."

시실리는 그렇게 말한 뒤 살짝 슬픈 표정을 했다.

"……그래."

나는 그 말밖에 할 수 없었다.

실버를 낳은 밀리아는 이제 이 세상에 없다.

시실리는 그런 밀리아를 대신해 실버를 키우며 행복을 느끼는 사실에 약간의 죄악감을 품었다.

확실히 밀리아는 실버를 키울 수 없었다.

하지만.

"괜찮아."

"신 군?"

"밀리아는 시실리에게 실버를 맡겼잖아. 그리고 그런 시실리가 실버를 소중하게 키우고 있어. 분명 밀리아도 기뻐할 거야."

나는 시실리에게 그렇게 말한 뒤 실버에게 말을 걸었다.

"실버— 엄마 좋아해?"

내가 그렇게 묻자 실버는 환한 미소를 지으며.

"좋아!"

그렇게 답했다.

"그렇구나."

"신 군⋯⋯."

"그렇지? 시실리가 실버를 소중히 여기는 건 실버도 알아. 그러니까 신경 쓸 것 없어."

"⋯⋯네, 그래요."

이제야 시실리에게 미소가 돌아왔다.

그때 나는 겸사겸사 물어보았다.

"아빠는?"

그러자 실버는 방금 질문으로 기분이 좋아졌는지 이번엔 두 팔을 들며 답했다.

수저를 든 채로.

"조아!"

실버는 세차게 팔을 들었지만, 손에 든 수저가 그릇을 건드려 엎어버리고 말았다.

""아앗!""

나는 재빨리 실버를 안아 올렸고, 시실리는 실버에게 묻은 음식물을 닦아주었다.

식탁 위는 메이드들이 정리해주었다.

"실버— 괜찮아?"

"다치지 않았어?"

나와 시실리가 실버의 상태를 확인했찌만, 실버는 밥을 엎어 놀랐는지 점점 눈물이 고이기 시작했다.

"으으…… 으에에엥!"

그리고 결국 울고야 말았다.

"어이쿠— 자— 착하지— 착해."

"괜찮아— 실버. 밥은 더 있으니까."

"으에에에엥!"

일단 울기 시작한 아이는 쉽게 울음을 그치지 않는다.

시실리와 둘이서 곤란해하니 구세주의 목소리가 들렸다.

"정말이지, 아침부터 무슨 소란이니."

"할머니!"

"할머님!"

할머니가 나타나 무척이나 안도한 우리.

그 이유는.

"할마니!"

방금까지 불이 난 것처럼 울던 실버가 울음을 뚝 그치고 할머니에게 미소를 보냈으니까.

결혼했다하지만, 나와 시실리는 아직 학생 신분.

낮에는 학교에 가야만 한다.

결혼했다고 해서, 아이가 있다고 해서, 충분한 수입이 있다고 해서 학교를 중퇴하는 것은 할머니가 허락하지 않았다.

……할머니는 아직도 내가 상식을 배우지 못했다고 생각하신다.

그래서 낮에는 할머니 할아버지가 실버를 돌봐주게 됐다.

압도적으로 우리보다 실버와 함께 할 수 있는 시간이 많았다.

그래서 실버는 할머니를 무척 따르게 됐다.

"자— 이리 오렴— 실버."

"응!"

"앗!"

할머니에게 실버를 빼앗겨 풀이 죽어 있으니 할머니 뒤에서 나타난 할아버지가 말을 걸었다.

"너희들 그렇게 느긋하게 있어도 되겠냐?"

"어?"

"아!"

할아버지의 말에 시계를 보았다.

이런! 벌써 시간이 이렇게!

"오늘은 너희의 졸업식이잖냐. 졸업생 대표가 지각하면 큰일일 텐데."

"우리도 나중에 갈 테니 너희 먼저 가렴."

"응, 알았어. 그럼 가자, 시실리."

"네!"

"실버. 아빠 엄마한테 인사해야지."

"아웅!"

"허허, 우리 실버 귀엽구먼."

그런 허둥지둥한 아침을 맞이한 오늘은 우리의 졸업식.

드디어 학생 생활이 끝나는 날이다.

"앗, 안녕— 신 군, 시실리!"

게이트로 교실에 가자 앨리스가 인사했다.

……파자마 차림으로.

"앨리스, 너…… 마지막까지……."

"응?"

"파자마……."

"느얏?!"

앨리스는 역시 모르고 있었고 주변에서도 웃음을 참느라 알려주지 않았다.

하아, 다들 변하지 않는구나.

"왜 아무도 알려주지 않은 거야?!"

"당연하지, 바보 녀석. 내일부터 우리는 사회인이다. 지적받기 전에 스스로 깨달아라."

"전하 너무해요~!"

오그에게 설교를 당한 앨리스는 울상이 되어서는 게이트로 집에 돌아갔다.

우리도 상당히 늦은 건데 지금부터 늦지 않으려나?

"그런데 너희도 상당히 늦었군. 무슨 일 있었나?"

"어? 아, 아침에 실버가 울음을 터뜨리는 바람에."

"할머님께 부탁드렸다가 늦었어요……."

"그렇군. 육아는 큰일이지."

오그가 히죽이며 그렇게 말했다.

제길— 이 녀석.

"너희도 학원을 졸업하면 아이 계획이 있지? 힘들 거다~."

나와 시실리와 마찬가지로, 오그와 에리도 결혼은 했으나 아직 학생 신분.

아이를 가진 몸으로 학원에 다니기 어려울 테고, 만약의 사태도 발생할 수 있다.

에리는 왕태자비이니 더더욱 그렇다.

그래서 우리는 학생인 동안에 아이를 가지는 것이 금지됐다.

그러나 그것도 오늘로 끝.

다시 말해 오늘부로 오그와 에리도 아이를 가질 수 있다는 뜻이다.

크크크— 너희도 아이를 키우는 일이 얼마나 힘든 일인지를 뼈저리게 느껴봐라!

그렇게 생각하며 오그를 도발했지만, 오그는 황당하다는 표정이었다.

"무슨 말이야. 왕족이 직접 아이를 키울 리가 없잖아."

"……어? 아, 그렇구나."

그러고 보니 왕족과 귀족은 유모가 아이를 돌본다고 했던가.

"나도 되도록 육아에 참가할 생각이긴 하다만, 기본적으로는 유모나 고용인들이 돌봐줄 거다."

"그건…… 자신들은 귀여워하기만 하고 어려운 일은 다른 사람한테 맡기는 거야?"

"이상하게 표현하지 마. 애초에 왕족은 나라의 최고 권력자이자 나라의 상징이다. 국민에게 육아로 지친 얼굴을 보여줄 수는 없지."

순간 편해서 좋겠다는 생각이 들었다.

하지만.

"음…… 뭐랄까……."

복잡한 표정을 한 나를 본 시실리가 쓴웃음을 지으며 내 마음을 대변해주었다.

"확실히 힘들 때도 많지만 고생하는 만큼 실버가 환하게 웃는 모습을 보면 고생한 보람이 있다 싶으니까요."

"맞아, 그거! 그것도 부모만이 느낄 수 있는 기분이지!"

육아는 힘든 일이지만 그만큼 성취감도 상당하다.

"그렇구나. 오그는 그런 경험을 하지 못하는구나. 아쉽겠네."

"음."

오그가 분한 표정을 한다.

오그에게 이기니 기분 좋은데!

"……뭐, 확실히 그런 달성감은 경험할 수 없을지도 모르겠다만 앞날을 생각하면 그래도 될지도 모르겠군."

"어라?"

간단히 물러나잖아?

어째서?

"작년에 실베스터를 거둔 후의 너희는…… 마치 유령 같았으니까."

물러나는가 싶었더니 이번엔 가련한 눈으로 바라보잖아?!

"아~ 그러게~. 작년엔 항상 지쳐 보였으니까~."

"밤마다 심하게 울어서 제대로 잘 수 없다고 했었죠……."

""으으……""

유리와 올리비아의 말대로 작년의 나와 시실리는 실버가 밤에 울음을 터뜨릴 때마다 일어나 제대로 잠들지 못하는 나날을 보냈다.

지금 떠올려도 힘든 경험이었어…….

"하지만 신 님의 집에도 고용인이 있을 텐데요. 실버는 양자이니까 모유를 줄 수도 없으니 고용인에게 맡겨도 괜찮지 않습니까?"

토르의 지적대로 실버는 시실리가 낳은 아이가 아니다.

임신하지 않은 시실리에게서 모유가 나올 리가 없으니 실버는 분유로 키웠다.

……이쪽 세계에도 분유는 존재했다.

그러니 밤중에 실버에게 분유를 주는 것은 딱히 시실리가 아니어도 상관없지만…….

"그럼 안돼요! 제가 실버의 엄마니까 제가 돌봐야죠!"

뭐, 그렇게 됐다.

시실리는 귀족 출신이지만 평민인 월포드 가에 시집을 왔다.

뭐, 우리 집은 좀 특수한 경우라 고용인들이 많지만 일단은 평민이다.

그리고 실버는 밀리아가 직접 시실리에게 맡겼다.

시실리는 자신이 책임지고 실버를 키우겠다고 결의했을 것이다.

그래서 최저한의 도움은 받지만 최대한 스스로 돌봐주고 싶어 했다.

"결국 사서 고생하는 거잖아. 나는 그런 여유가 없어. ……아니, 없어지겠지."

"없어지겠다니…… 뭐야, 그 예측은."

내가 그렇게 말하자 오그는 질린 표정으로 나를 보았다.

"뭐, 뭐야?"

"앞으로 너희가 일으킬 소동을 생각하면…… 벌써 머리가 지끈거리는군."

"뭐야? 우리가 일으킬 소동이라니."

내 말에 오그는 무척이나 깊은 한숨을 쉬었다.

"앞으로 얼티밋 매지션즈는 정식 조직이 될 거다."

"그건 알고 있어."

"지금까지는 학생이라는 신분을 고려해 긴급 상황 이외에는 의뢰를 받지 않았다."

"응."

"하지만 학생이라는 신분을 벗어나 정식으로 활동하기 시작한다면 그럴 수 없지."

"그러니까 그게 어쨌다고……."

"밀려드는 의뢰를 해결하기 위해 개별적으로 인원을 파견하는 경우도 늘어나겠지."

야…….

그건…….

"뭐, 대체로 괜찮겠지만……."

"으하~! 안 늦었다!"

오그가 말하는 도중 앨리스가 게이트에서 뛰어나왔다.

어지간히 서둘렀는지 옷이 삐뚤빼뚤했다.

"타이가 틀어졌어."

"아— 린. 고마워."

오그는 옷매무새를 고치는 앨리스와 린을 보며 말했다.

"너와 코너와 휴즈가 걱정이군……."

"뭐?! 나도 잘할 수 있다니까!"

"전하, 너무함. 월포드 군과 앨리스는 몰라도 나는 문제없음."

나와 린은 오그에게 항의했다.

하지만.

"그걸 어떻게 믿겠어! 지금까지 너희들이 저지른 짓을 떠올려봐라!"

오그에게 혼나고 말았다.

혹시나 해서 주변을 둘러보았지만 다들 쓴웃음을 지을 뿐.

진짜냐……

이렇게까지 믿어주지 않을 줄이야…….

풀이 죽은 나와 린.

쓴웃음 짓는 아이들.

그리고.

"응? 무슨 일이야?"

이야기의 흐름을 모르는 앨리스만 어리둥절한 표정이었다.

제길…….

"정말이지, 너희는……."

교실에서 이렇게 이야기하고 있던 중, 어쩐 일인지 깔끔하게 옷을 입은 알프레드 선생님이 들어왔다.

들어오자마자 여느 때처럼 수다를 떠는 우리를 보며 한숨을 쉬었다.

"영웅이니 뭐니 치켜세워도 아직 애라니까. 이래가지고 앞으로 괜찮겠어?"

"괜찮습니다, 선생님. 제가 이 녀석들의 고삐를 쥐고 있으니까요."

"뭐, 전하께서 그렇게 말씀하신다면 괜찮으려나……?"

역시 3년 동안 우리의 담임을 맡은 알프레드 선생님답게 우리를 별로 믿어주지 않는다.

알프레드 선생님에겐 많은 폐를 끼쳤으니까…….

"그런데 선생님이 오신 걸 보니 벌써 시간이 됐습니까?"

"아, 그렇지. 슬슬 강당으로 가라."

그렇게 우리는 졸업식에 나섰다.

이것이 내 인생을 바꾼 마법 학원에서의 마지막 이벤트다.

C클래스부터 순서대로 입장하기 시작하니 강당에 모인 재학생과 보호자— 내빈이 박수로 맞이했다.

그리고 마지막으로 우리 S클래스가 입장하자 박수소리가 더욱 커졌다.

함성까지 들려왔다.

이제는 이런 대우에 익숙해졌는지 다들 딱히 부끄러워하지 않고 태연해 보였다.

그런 상황에서 보호자석을 살짝 확인하니 할아버지와 할머니가 실버를 안고서 앉아있는 모습이 보였다.

실버는 입장한 나와 시실리를 발견하고는 이쪽을 향해 열심히 손을 흔들었다.

하아…… 열심히 손을 흔드는 실버가 너무 귀여워…….

그 귀여운 행동에 스스로도 알 수 있을 정도로 풀어진 미소로 실버에게 손을 흔들어주었다.

문뜩 보니 시실리도 나와 마찬가지로 풀어진 얼굴로 실버에게 손을 흔들고 있었다.

그렇다니까.

역시 우리 실버는 최고로 귀엽다니까!

"야, 너희들 얼굴이 기분 나쁜데?"

"무슨 그런 심한 소리를?!"

"기, 기분 나빠?!"

실버의 귀여운 행동을 감상하고 있으니 마리아에게서 무척이나 유감스러운 지적을 받았다.

너무한 소리를 한 마리아에게 나와 시실리가 항의했지만 마리아는 무시한 채 우리가 무엇을 보고 있었는지를 확인했다.

"대체 뭘 보고서…… 아— 실버구나."

"우와! 열심히 손 흔들고 있어! 진짜 귀여워!"

마리아와 마찬가지로 실버의 모습을 확인한 앨리스가 그 귀여운 행동에 탄성을 터뜨렸다.

"그렇죠?! 귀엽죠?!"

실버를 칭찬하는 소리를 들은 시실리는 무척이나 기뻐 보였다.

"항상 놀아주는 형과 누나가 모여 있으니 실버도 엄청나게 기분 좋아 보이네."

할머니의 무릎 위에 앉은 실버는 당장에라도 할머니의 팔을 뿌리치고 이쪽으로 달려올 기세로 기뻐했다.

그 모습을 보고서 다들 훈훈한 표정을 했다.

그런 우리에게 오그가 폭탄 발언을 했다.

"형과 누나라······ 친구의 자식이니 아저씨나 아줌마라고 해야 하지 않나?"

그 말에 여자아이들이 눈을 부릅떴다.

"전하! 열여덟 숙녀에게 무슨 말을!"

"그래요~!"

"아줌마라고 하지 마세요!"

"아무리 그래도 너무해."

항의한 사람은 마리아, 유리, 앨리스, 린.

시실리와 올리비아, 그리고 남자들은 항의에 참여하지 않았다.

그 이유는······.

"저는 엄마니까요."

"하하, 확실히 제 아이와 실버가 친구가 되면 제가 아줌마가 되겠네요."

"오, 올리비아······."

시실리는 실버의 엄마이고, 올리비아는 빈 공방을 위해 후계자를 낳아달라는 기대를 받고 있으니 졸업식이 끝나면 마크와 결혼할 예정이다.

"확실히 친구의 아이라면 아저씨라고 불리겠네."

"그게 자연스러운 일이겠지요."

"토르는 아줌마라고 불리지 않도록 조심해야 할 것이외다."

"무슨?! 그렇게 불릴 리가 없잖아요!"

토니, 토르, 율리우스도 이 졸업식이 끝나면 결혼할 예정이다.

다시 말해 항의한 사람은 상대가 없는…….

"신…… 너 쓸데없는 생각하는 거 아니야?"

"어? 아, 아닌데?"

"……정말로?"

"저, 정말이지!"

뭔가 눈치를 챈 마리아의 추궁을 벗어나려 하고 있으니.

"적당히 해라! 빨리 자리로 가!"

『네!』

우리 앞에 있던 알프레드 선생님이 더는 참을 수 없다는 듯이 소리치자 우리는 다급히 자리에 앉았다.

"나 원…… 마지막까지 그런 모습을 보이다니…….."

"아니지! 방금은 오그 네가 쓸데없는 소리를 한 게 원인이잖아?!"

오그가 남의 일처럼 한숨을 쉬기에 항의했더니 알프레드 선생님이 「찌릿!」 하는 효과음이 들릴 것처럼 노려보았다.

이런, 이 이상 화나게 하면 알프레드 선생님의 위궤양이 도질 것 같다.

교직원석에서 무서운 얼굴로 노려보는 알프레드 선생님.

사실 세간에서는 선생님을 상당히 높게 평가한다.

이렇게 말하기는 좀 그렇지만 우리 얼티밋 매지션즈는 세간에서 영웅이니, 세계 최고의 마술사 집단이라는 말을 듣는다.

그렇다 보니 교사 중에서는 우리를 어려워하며 아무런 말도 하지 않는 사람도 있었다.

그러나 알프레드 선생님은 우리를 입학할 당시와 변함없이 엄격하게 지도해주셨다.

상대가 누구든지 상관하지 않는 교사의 표본이라는 말까지 듣고 있다.

학원 관계자한테서는 차기 학원장이라는 목소리까지 나오고 있다고 한다.

그런 선생님이 우리를 노려보고 있다.

……지금부터는 얌전히 있자.

그러는 사이에 졸업식이 진행되어 재학생 대표의 송사도 끝났다.

이 뒤에는…….

『이어서 졸업생 대표 인사. 졸업생 대표, 신 월포드 군.』

"네!"

드디어 내 졸업생 대표 인사 시간이다.

입학식의 신입생 대표 인사는 엄청나게 긴장했지만, 작년 졸업식에서도 재학생 대표의 송사를 맡았던 데다가 얼티밋 매지션즈 대표로서 많은 사람 앞에서 인사한 경험도 있다.

이제 무서울 것이 없다!

그렇게 생각하고 단상에 오를…….

"아빠!"

그만 단상에서 미끄러지고 말았다.

"어, 어…….”

어째서 이럴 때 큰 소리로 부르는 거니, 실버야?!

엄숙한 졸업식 도중에 울린 어린아이의 커다란 목소리와 삐끗한 나를 보고서 웃음소리로 가득해진 졸업식장.

으으…… 부끄러워! 진짜 부끄럽다고!

"실버! 쉿!"

"아응!"

단상에서 실버에게 주의를 주니 실버는 두 손으로 입을 막았다.

으아…… 너무 귀엽잖아…….

다시금 웃음이 터진 졸업식장.

이런, 당황한 나머지 단상 위에서 평소처럼 행동하고 말았어!

아, 정말…… 모처럼 마지막은 멋지게 마무리하고 싶었는데 엉망이 됐잖아…….

하아, 됐다.

칙칙한 분위기는 성미에 맞지 않으니 평소처럼 가볍게 인사해두자.

『내빈 여러분, 소란을 피워 죄송합니다. 선생님, 마지막까지 이런 모습이라 죄송합니다. 재학생 여러분, 이런 선배라 미안하다.』

입을 열자 다시 웃음이 터졌다.

『제가 이 고등 마법 학원에 입학한 것이 벌써 3년 전이라는 사실이 믿기지 않습니다. 그만큼 이 학원에서 보낸 3년은 뜻깊고 즐거운 매일이었습니다.』

여기서부터는 조금 진지하게 이야기하자.

『제가 이 학원에 입학한 목적은 상식을 배우는 것. 그 목적은 충분히 달성한 것 같습니다.』

갑자기 터지는 폭소.

어째서?!

『그, 그것과 동시에 동년배 친구를 만드는 것도 목적이었습니다. 그 목적은 입학하고서 바로 달성할 수 있었습니다. 이 학원에서 얻은 최대의 수확이라고 해도 과언이 아닙니다.』

나의 그 말에 S클래스 아이들이 히죽이면서도 멋쩍어했다.

하긴, 친구한테서 이런 소리를 들으면 멋쩍을 만하지.

나도 이런 자리가 아니면 쉽게 말할 수 없을 테고.

『그것만이 아니라 생애의 반려와도 만났습니다. 그리고 방금 여러분도 보셨듯이 양자이긴 하지만, 아이도 생겼습니다.』

실버는 알스하이드…… 아니, 전 세계 사람이 알고 있다.

다만, 마인의 아이가 아닌 마인에게 점령된 도시에서 기적적으로 살아남은 기적의 아이이자 마왕과 성녀가 키우는 행운의 아이로서 알려져 있다.

『제 인생에서 이만큼 뜻깊은 시간은 없었습니다. 이게 다 따뜻하게 지켜봐 주신 보호자, 엄격하게 지도해주신 선생님, 선배, 후배 여러분 덕분입니다.』

이 말은 진심이다.

내가 이렇게나 행복한 학생 생활을 보낼 수 있었던 것은 주변 사람들과 동떨어진 힘을 지닌 나를 멀리하지 않고 받아준 사람들 덕분이다.

『오늘, 저희는 이 학원을 졸업하지만 이곳에서 보낸 3년은 평생 잊지 못할 겁니다. 여러분, 정말로 감사했습니다. 졸업생 대표, 신 월포드.』

그렇게 말하고 깊숙이 고개를 숙이자 우레와 같은 박수가 쏟아졌다.

"선배~!"

"마왕 선배— 멋져요~!"

"애인으로 삼아줘요~!"

야! 마지막으로 말한 사람 누구야!

이런 곳에서 그런 소리 말라고! 또 시실리의 눈빛이 싸늘해질 거라고!

조심스럽게 자리로 돌아오자 오그는 배를 잡고 웃음을 참느라 몸이 앞으로 쏠렸다.

분명 앞으로 일어날 소동이 기대되는 거겠지.

쳇, 악취미라니까!

그런 오그를 무시하고 살짝 시선을 옆으로 돌리자 시실리는 평범하게 미소 짓고 있었다.

"여전히 인기가 많네요?"

"그, 그렇지 않아. 정말이지, 질 나쁜 농담이라니까."

"후후. 알고 있어요. 신 군이 다른 애인을 만들 리가 없으니까요."

"당연하지."

"후후."

시실리는 결혼한 뒤로 어지간한 일로는 전처럼 질투하지 않게 됐다.

오히려 이상한 위엄까지 갖추게 된 것처럼 보였다.

"뭐야, 재미없군."

"오그, 너……."

역시나 소동이 일어나길 기대했었군.

하긴 그래야 오그답지만.

"그나저나 시실리도 이제는 상당히 차분해졌네."

"그래?"

"그렇다니까. 작년만 해도 주위를 얼려버릴 정도로 무섭지 않았어?"

"그런 적 없어."

아니지…….

나도 잠시 그때의 광경이 떠올랐다.

"역시 결혼해서인가?"

"실버가 있다는 이유도 큰 듯."

앨리스와 린도 같은 생각인지 시실리가 차분해진 원인을 열거했다.

다들 그렇게 생각한 것이 의외였는지 시실리는 살짝 쓴웃음을 지으면서 답했다.

"그럴지도 몰라요. 그리고 신 군은 실버도 정말 열심히 돌봐주고 제게도 많은 애정을 쏟고 있어요. 그런 신 군을 의심할 리가 없잖아요."

그렇게 말하는 시실리는 정말로 행복해 보여서 진심으로 열심히 하기를 잘했다는 생각이 들었다.

그러나 아이들의 얼굴은 붉어졌다.

어째서?

"애, 애정을 쏟는다니……."

"의미심장해라~."

"아으, 아으, 시실리, 야해!"

"조만간 두 사람의 친자식을 볼 수 있을 듯."

"그런 뜻이 아니라고!"

시실리를 소중히 여긴다는 뜻이야!

황당한 말을 하는 마리아, 유리, 앨리스, 린에게 어이없어하면서 시실리를 보니…… 얼굴이 새빨개져서 두 손으로 얼굴을 가리고 있었다.

잠깐!

여기서 그런 행동은 오해를…… 아니, 어떤 의미로는 오해가 아니지만! 이상한 의미로 받아들인다니까!

"흠, 그렇군. 월포드 가도 오늘 밤부터 자녀 계획 시작인가."

"사람들 앞에서 그런 소리 하지 마! 그보다 우리도 그렇다는 건 너희도 그렇다는 뜻이잖아."

"나는 왕족이니까. 자손을 남기는 것은 반쯤 의무다."

"이, 이 녀석……!"

오그 자식, 나를 놀리기 위해 자신의 몸까지 내던졌어!

그런 오그의 한심한 각오에 전율하고 있으니…….

"이 녀석들…… 빨리 나가기나 해!"

알프레드 선생님의 호령이 아직 사람이 남아 있던 강당에 울리자 이번에도 폭소가 터졌다.

아…… 결국 마지막까지 이렇게 되는구나…….

할아버지와 할머니, 그리고 고용인분들이 졸업식에서 돌아온 우리의 학원 졸업을 축하해주었다.

다이닝 테이블에 월포드 가의 전속 요리사인 코렐 씨가 한껏 실력을 발휘한 음식이 놓이자 아직 이유식을 먹는 실버도 그 맛있어 보이는 다양한 음식에 눈을 반짝였다.

아직 먹일 수는 없지만.

평소 실버를 사이에 두고 식사를 하는 나와 시실리도 오늘은 둘이서 나란히, 이른바 생일상의 주역이 앉는 자리에 앉았다.

실버의 자리는 할아버지와 할머니 사이였다.

"졸업 축하한다. 신, 시실리 양."

"상식을 배우는 목표 이외엔 달성한 모양이라 다행이구나."

"에이, 이제 상식 정도는 아는데!"

"아는 것과 익힌 것은 별개지! 난 잊을 수가 없구나. 슈투름과 싸울 때 네가 사용한 마법을 말이야!"

"으……."

순수하게 졸업을 축하해주는 할아버지와는 반대로 신랄하기만 한 할머니.

그때 내가 슈투름에게 사용했던 핵열 마법.

그것이 할아버지가 싸웠던 전장에서도 보였다고 한다.

재해급 마물들은 그 마법의 위력에 움직임을 멈췄고, 인간들은 천재지변이 일어난 줄만 알았던 모양이다.

그 후 딱히 아무런 일도 일어나지 않자 마물이 다시 움직이기 시작했고, 그대로 전투가 속행했다고.

할머니는 지금도 그 마법을 잊지 않고 걸핏하면 두 번 다시 사용하지 말라며 못을 박아두었다.

나도 그런 마법은 두 번 다시 쓰고 싶지 않다고.

"허허. 그래도 그때 디세움의 제안을 받아들인 건 좋은 판단이었다는 뜻이구먼."

"정말 그렇다니까. 만약 그대로 이 아이를 세상에 풀어놨다면…… 등골이 오싹해져."

"정말 그러네요."

"뭐? 시실리까지 그러기야?"

돌이켜보면 내 열다섯 번째 생일때 디스 아저씨에게 학원에 다녀보는 건 어떠냐는 제안을 받은 것이 인생의 전환점이었다.

그때를 그리운 듯이 이야기하는 할아버지와는 다르게 여전히 너무하는 할머니.

게다가 시실리까지 할머니 편을 들다니.

"앗, 아니요. 제 경우엔…… 그게……."

"응?"

"……신 군이 학원에 다니기 위해 왕도에 오지 않았더라면, 만날 수 없었을 테니까요……."

"아……."

나와 시실리가 만난 것은 학원이 아닌 왕도에 온 뒤 였다.

길거리에서 불량 헌터에게 붙들렸을 때 도와준 것이 첫 만남이었지.

디스 아저씨의 제안이 없었더라면 나와 시실리는 만날 일조차 없었을지도 모른다.

"그러게. 시실리와 만난 것도 학원에 다니기로 한 덕분이었으니까. 그렇게 생각하면 정말로 그때 학원에 다니게 돼서 다행이야."

나는 그렇게 말하며 옆에 앉은 시실리에게 미소 지었다.

"신 군……."

시실리는 촉촉해진 눈으로 나를 보았다.

"시실리……."

"신 군……."

나와 시실리의 얼굴이 가까워지고…….

"아빠— 엄마— 쪽?"

""으앗?!""

조금만 더 있었으면 시실리와 키스할 것만 같았을 때, 실버의 천진난만한 목소리가 들렸다.

위험해라! 여긴 실버뿐만이 아니라 다른 사람들까지 있었지!

"실버가 저렇게 말하는 걸 보면…… 너희는 평소에도 실버 앞에서 그러는 거니?"

"어, 아, 아니……."

"아으으……."

실버가 방금 상황에서 「쪽」이라는 말을 한 것으로 할머니가 날카롭게 알아차린 듯하다.

어쩔 수 없잖아.

시실리와 둘이서 실버를 보고 있으면 행복한 마음이 넘쳐나니까.

"하아, 하긴 금실이 좋은 건 나쁜 게 아니지. 이러다 실버가 동생을 볼 날도 얼마 안 남았을지도 모르겠네."

전에는 때와 장소를 가리라며 설교하던 할머니도 결혼한 뒤로는 이런 상황에 크게 화를 내지 않게 됐다.

그 대신 시실리와 사이좋은 모습을 보면 히죽이는 얼굴을 하게 됐지만…….

"그러고 보니 오늘로 학원을 졸업한다는 건…….."

또 할머니가 히죽이기 시작하잖아.

"뭐, 열심히 하렴."

"아, 네!"

"잠깐, 시실리…….."

"어, 앗?!"

방금 할머니가 말한 『열심히 하라』는 말은 『자녀 계획』에 애쓰라는 뜻이잖아.

그렇게 힘차게 대답하면 오늘부터 자녀 계획에 애쓰겠다고 선언하는 것이나 마찬가지라고…….

"아…… 아으…….."

자신이 무슨 말을 했는지 깨달은 시실리는 새빨개진 얼굴로 부끄러운 듯이 몸을 움츠렸다.

이미 결혼한 몸이면서 왜 이렇게나 귀여운 걸까.

그런 귀여운 행동을 하는 시실리를 모두가 귀엽게 바라본 뒤, 간신히 졸업 축하 저녁 식사가 시작됐다.

그러나 역시 어린아이가 있는 식탁.

우리의 학원 생활 추억을 이야기하고 있으니 실버가 아직 먹을 수 없는 음식을 손으로 집어 입으로 가져가려 해서 다급히 말리거나 칭얼대는 바람에 시실리가 안아주는 등, 결국 평소처럼 실버 중심의 저녁 식사가 됐다.

그리고 그 실버가 꾸벅꾸벅 졸기 시작했기에 시실리가 재우러 가는 것으로 축하 자리가 끝을 맞이했다.

"허허, 아이가 있으니 떠들썩해서 좋구먼."

"정말 그래……."

실버를 재우러 가는 시실리의 뒷모습을 보며 차분하게 중얼거리는 할아버지와 할머니.

두 사람의 과거를 생각하면 만감이 교차하겠지…….

"그럼 신."

"왜? 할머니."

시실리를 보고 있으니 할머니가 말을 걸었다.

"넌 이제 더는 학생이 아니다."

"알고 있어."

"정말이니? 앞으로는 사회인으로 살아가게 되는 거야. 네 모든 행동에는 책임이 발생한단다. 예전처럼 디세움이나 전하가 감싸줄 수 없는 일도 생길 거야."

"그것도 알고 있어."

이래봬도 이쪽 세계에 전생하기 전에는 제대로 된 성인이었으니까.

그러나 할머니는 못 믿겠다는 얼굴로 한숨을 쉬며 이렇게 말했다.

"알겠니? 앞으로 네 행동은 전부 실버가 볼 거다. 실버가 자신의 아버지는 문제만 일으키는 부끄러운 부모라고 생각하지 않도록 더욱 자중해야 해."

"으, 응."

그런가.

실버도 이제 곧 두 살.

밀리아에게서 정확한 생일을 듣지 못했으니 슈투름이 우리에게 선전포고한 그날을 실버의 생일로 정했다.

이제 곧 그날이 된다.

실버는 앞으로 점점 성장할 것이다.

자아도 점점 확립할 것이다.

그렇게 되면 내 등을 보며 자라게 된다.

"……책임이 막대하네."

"이제야 알았니? 처자식이 생겼는데도 별수 없는 아이라니까."

"너무 그리 말하지 말아. 신은 아직 열여덟 살. 일반적으로는 아직 어린아이니까."

할아버지가 그렇게 말하자 할머니가 할아버지를 날카롭게 노려보았다.

"처자식이 생긴 시점에 이미 어린애가 아니지! 그러는 당신도 아직 어린 티를 못 벗어서…… 나와 슬레인이 얼마나 창피했는지 알기는 알아?!"

"그, 그 얘기는 하지 않아도……."

"정말이지…… 진짜로 피가 이어지지 않았는지 의심할 정도로 똑같다니까!"

""하, 하하…….""

나와 할아버지는 할머니의 말에 쓴웃음을 떠올릴 수밖에 없었다.

그런 대화를 나누고 있으니 실버를 재웠는지 시실리가 2층에서 내려왔다.

"무슨 말씀 나누고 계세요?"

"우리 집 남자들은 아무리 나이를 먹어도 어린애 같다는 이야기를 했지."

"후후 그러네요. 하지만 항상 동심을 잊지 않는 신 군은 정말 멋진 것 같아요."

"하아, 넌 정말이지 신을 너무 봐준다니까……."

"그, 그런가요?"

"그래. 동심을 잊지 않는 건 좋지만 부모가 되어서도 그러면 곤란해."

앳되다니…… 이제 열여덟 살이 됐고, 실버도 잘 돌봐주고 있는데…….

"아니, 그러니까 어른이 됐다는 자각은 하고 있다니까⋯⋯."

"졸업식에서 그런 소동을 벌이고서도 말이니?"

"윽⋯⋯."

아니, 그건⋯⋯ 그러니까⋯⋯.

내가 말을 잇지 못하자 할머니는 깊은 한숨을 쉬었다.

"하아⋯⋯ 여러모로 자각이 부족해."

"자각⋯⋯이요?"

"그래. 부모라는 건 갑자기 되는 게 아니란다. 아이가 생긴 걸 알고 나서 임신 기간에 조금씩 부모가 된다는 자각과 각오가 생기는 거지."

"그건 그렇겠네요."

"뭐, 아이가 태어난다고 바로 부모가 되는 건 아니란다. 아이와 함께 부모도 조금씩 성장하는 법인데⋯⋯ 그건 뭐 넘어가기로 해도, 너희는 그 전제가 빠졌잖니."

"전제⋯⋯."

"저 아이를 받아들이기로 정한 너희의 결의와 육아에 매진하는 자세는 높게 평가한단다. 하지만 너희가 아직 어린아이 같은 것은 부모로서의 자각과 각오가 부족한 탓이 아니겠니?"

"확실히, 그럴지도⋯⋯."

"신 군⋯⋯."

실버를 받아들인 뒤 육아하느라 정신이 없어 내가 부모로서 성장한다는 생각은 전혀 하지 못했다.

학생이라는 것을 빌미로 항상 친구들과 놀기만 하고…….

"할머니 말이 맞아. 나는 자각이 부족했어."

"말은 간단하지. 하지만 그 자각이라는 건 그렇게 바로 가질 수 있는 게 아니란다."

"그…… 그럼 어떻게 해야……."

의지하듯 할머니를 바라보자 할머니는…….

씨익 웃었다.

어라?

"아까 내가 말했잖니. 빨리 아이를 가지렴. 시실리의 배가 불러오면서 자연스럽게 성장하기 마련이니까."

"뭐?!"

"아으…….'

뭐야!

사람을 잔뜩 혼낸 것 치고는 결국 그 말이 하고 싶었을 뿐이잖아!

"그럼 늙은이는 이만 자러 가볼까."

"그렇구면."

"신, 시실리."

"……왜?"

"네?"

자신들의 침실로 가는 도중 돌아보는 할머니의 얼굴은 아직 미소가 가시지 않았다.

"너무 늦지 않도록 해라."

"시끄러워!"

"할머님!"

"하하하. 두 번째 증손주를 기대하마."

할머니는 깔깔 웃으며 침실로 들어갔다.

남겨진 우리로 말할 것 같으면…….

"……."

"……."

부…… 부끄러워!

이런 흐름에서 우리도 침실로 가면 지금부터 아이를 만들 겠다고 선언하는 것이나 마찬가지잖아!

고용인들도 그런 분위기를 느껴서인지 시선이 묘하게 뜨뜻 미지근해진 것 같다.

제길— 나쁜 할머니!

"아…… 우리도 그만 쉴까?"

"아, 네! 그러죠!"

"네? 쉬실 겁니까?"

이봐요!

모처럼 말을 가려 했더니 꼭 그렇게 되묻지 말라고요, 마 리카 씨!

우리가 앞으로 무엇을 할지 알고 있다고 생각하면 부끄러워서 참을 수 없다.

"아으으……."

시실리는 부끄러운 나머지 움직이지도 않고 있잖아.

이거 어쩌지…….

그렇게 생각했을 때였다.

띠리리리!

"……통신?"

"이런 시간에요?"

지금은 식사도 마치고 잠에 들려는 시간.

이런 시간에 내 무선 통신기의 수신음이 울렸다.

아까까지 애매했던 분위기가 사라지고 나와 시실리는 얼굴을 마주 보았다.

"누굴까?"

"일단 받아보는 게 좋지 않을까요?"

"그래."

받아보면 알 테니까.

그렇게 생각해서 수신 버튼을 누르자 통신기 너머로 상당히 다급해하는 오그의 목소리가 들렸다.

『신! 벌써 진행 중인가?!』

갑자기 뭐야? 영문을 모르겠네.

"이제 침실에 가려던 참이야."

무슨 일인지는 모르겠지만 일단 지금 상황을 솔직하게 말하자 오그는 확연하게 안도한 목소리를 냈다.

『그래…… 늦지 않았군.』

"늦지 않았다니, 뭐가?"

정말로 영문을 모르겠다.

그러나 다음에 한 오그의 말은 더욱 영문을 알 수 없었다.

『미안하지만 자녀 계획은 한동안 미뤄다오.』

"뭐?! 갑자기 무슨 말이야?!"

『농담으로 하는 말이 아니다. 지금 월포드 부인에게 아이가 생기면 조금 곤란한 사태가 벌어졌다.』

오그는 나와 시실리가 결혼한 뒤로 시실리를 「월포드 부인」이라고 부르게 됐다.

이전까지는 성인 「클로드」라고 불렀지만, 시실리는 나와 결혼해 「시실리 월포드」가 됐다.

이제는 클로드라고 부를 수 없고, 왕족인 오그가 타인의 아내를 퍼스트 네임으로 부르면 그 의미를 곡해하는 사람도 생길 것이다.

그래서 오그는 시실리를 월포드 부인이라고 부르게 됐다.

월포드만으로도 긴데 부인까지 붙여야 한다니…….

왕족도 참 성가시다니까.

그건 그렇고, 오그는 무슨 말을 하는 거지?

"시실리에게 아이가 생기면 곤란한 사태라니……."

시실리의 치유 마법은 나와의 특훈과 치료원의 경험을 바탕으로 이미 이 나라만이 아니라 세계에서도 최고 수준이 되었다.

빈사의 중상을 입은 환자를 치료한 사례도 헤아릴 수 없을 정도.

그런 탓에 시실리는 결혼한 뒤로도 성녀로서의 명성이 계속해서 높아지기만 했다.

그렇다면 시실리가 치료해줬으면 하는 사람이라도 생긴 걸까?

그러나 오그의 말에는 어딘가 위화감이 있었다.

그것은 확실히 시실리의 치유 마법은 세계 최고 수준의 실력이지만, 나도 그것과 같은 일을 할 수 있다.

그렇다면 설령 시실리가 임신해서 움직이기 힘들어진다 해도 내가 가면 될 일이다.

그래서 그렇게 물었더니 오그는 한동안 입을 다물었다.

『설명에 시간이 필요한 사안이다. 미안하지만 내일 왕성으로 와줄 수 있겠나?』

"왕성으로?"

『그래. 내 방이어도 괜찮아.』

"무슨 일인지 모르겠지만 내일 가면 알려줄 거지?"

『그래. ……미안하군. 내일 전부 이야기하지.』

"알았어. 그럼 내일 보자."

그렇게 말하고 통화를 끊은 뒤 옆에서 같이 듣던 시실리에게 시선을 돌렸다.

"그렇다는데……."

"아하하하……."

갑작스러운 오그의 이야기에 시실리도 쓴웃음을 지었다.

그야 그렇겠지.

지금까지 서로 부부의 행위에 대해 말하기를 의도적으로 피해왔다.

그 일은 온전히 사생활의 영역이라 간단히 파고들어도 되는 이야기가 아니다.

오늘은 졸업식도 있었으니 아이에 대한 이야기가 나왔지만, 평소엔 그런 이야기를 꺼내지 않는다.

……뭐, 여자들끼리는 어떨지 모르겠지만.

여성들은 그런 일을 꽤 아무렇지도 않게 이야기하기도 하니까…….

그렇게 거리를 잘 지켜주던 오그가 우리 부부간의 일에 대해 참견했다.

아마도 어지간히 긴급한 사항이겠지.

"상당히 다급해 하시던 것 같은데…… 무슨 일일까요?"

시실리도 그 점이 신경 쓰인 듯하다.

항상 냉정하고 침착한 오그가 허둥댈 때는 대부분 여간

일이 아니다.

마인령 공략 작전 때 마인을 놓친 것과 같이…….

"하아…… 성가신 일이 일어나지 않았으면 좋겠는데."

"그랬으면 좋겠네요."

"그럼 이제 어떻게 할까?"

"아, 그럼 오늘도 목걸이를 해둘게요."

"어?"

"어?"

"아…… 아니…… 아직 저녁 식사도 막 끝난 참인데 오그가 끼어들어 그런 분위기도 사라졌으니 이제 뭘 할까라는 의미로 물었는데……."

"아…… 아……."

말뜻을 잘못 파악한 시실리가 새빨개져서는 고개를 숙였다.

아, 정말이지.

유부녀에다 어머니가 됐는데도 시실리는 왜 이렇게나 귀여운 걸까?

"어? 꺅! 시, 신 군?"

그렇게 귀여운 표정을 하면 참을 수가 없잖아.

나는 시실리를 옆으로 껴안으며 계단을 통해 침실로 이동했다.

"시실리. 역시 오늘은 이만 자자."

"아…… 네……."

우리가 잠이 든 것은 그 뒤로 시간이 꽤 흐르고서.
내 옆에서 잠든 시실리의 가슴에는 목걸이가 반짝였다.

제2장 특수 부대 얼티밋 매지션즈 시동

다음 날 아침.

나와 시실리는 게이트를 통해 오그의 방으로 갔다.

"왔군. 미안하다. 갑자기 불러내서."

"무슨 일이 생긴 거겠지? 상관없어."

방에서 기다리던 오그가 우리를 맞이하자마자 사과를 했기에 괜찮다는 뜻을 전했다.

오그가 서두르는 사태가 일어났는데 이쪽의 사정으로 불만을 늘어놓을 수는 없으니까.

"안녕하십까."

"안녕, 마크."

오그와 인사를 나눈 뒤 마크가 말을 걸었다.

그보다 마크 외에도 얼티밋 매지션즈 전원이 이 방에 있었다.

"월포드 군도 어젯밤 통신을 받았습까?"

"응. 저녁 먹고 얼마 안 돼서."

"무슨 일일까요? 갑자기 왕성으로 오라고 하다니."

"그걸 지금부터 설명하겠지…… 마크는 오그한테서 또 뭔가 들은 것 없어?"

마크와 올리비아는 졸업한 뒤 바로 결혼할 예정이었다.

지금은 결혼식 준비로 바쁘다고 들었다.

마크는 빈 공방의 후계자니까 우리와 다르게 아이가 태어나는 일이 상당히 중요한 문제이다.

빠르게 자녀 계획을 세울 것이 분명하다.

그렇다면 나와 마찬가지로 자녀 계획을 중지하라는 말을 들었을 줄 알았는데…….

"다른 이야기요? 아니요, 딱히 아무 말도 없었는데요?"

"어? 정말?"

"네."

어떻게 된 거지?

"토니."

토니도 졸업 후에 바로 결혼할 예정이다.

그래서 토니에게도 물어보기로 했다.

"응? 무슨 일인데?"

"토니도 오늘 왕성에 오라는 말 이외에 뭔가 들은 것 없어?"

"아니? 딱히 없는데."

토니도 그런가.

토니의 여자 친구인 리리아 양은 얼티밋 매지션즈가 아니고 총무국에 들어가게 됐다고 하니 결혼 후 바로 아이를 가질 예정은 없을 것이다.

아무리 그래도 왜 우리…… 그보다 시실리한테만?

그런 의문을 품고 있을 때, 오그가 모두에게 말을 걸었다.

"이걸로 전원 모였군. 그럼…… 들어와라."

오그가 그렇게 말하자 방문이 열리고 메이드들이 옷을 들고 왔다.

"우선 이걸 입어다오."

오그의 말대로 남성과 여성으로 나뉘어 옷을 갈아입으러 갔다.

"이게 뭐야?"

"얼티밋 매지션즈의 새로운 의상이다. 지금까지는 전투복으로 모두 해결했지만 앞으로는 그럴 수 없지. 의뢰인과 회담하는 곳에 전투복으로 갈 수는 없으니 말이야."

"아, 그렇구나."

기사도 온종일 갑옷을 입지는 않으니까.

사무 작업이나 대기할 때는 제복을 입는다.

그것과 마찬가지겠지.

오그가 준비한 제복은 지금까지 입었던 전투복과 색 배합은 비슷하지만 살짝 갑갑해진 느낌이었다.

넥타이까지 마련되어 있었다.

제복을 모두 입으니 의례용 군복 같은 느낌이 들었다.

이건 이것대로 멋지네.

"여기엔 아직 마법을 부여하지 않았으니 미안하지만 나중에 해주겠어?"

"알았어."

오그가 마련했으니 당연히 좋은 소재를 썼을 것이다.

지금까지 했던 부여는 전부 할 수 있을 것이다.

옷을 갈아입고 방으로 돌아오니 마침 여성들도 전부 갈아입었는지 다른 방에서 나타났다.

"오, 좋네. 어쩐지 어른스러운 느낌이야."

"그래? 어쩐지 부끄러운데."

여성들의 제복을 본 내가 그렇게 말하자 그중에서 제일 잘 어울리는 마리아가 살짝 부끄러운 듯이 그렇게 말했다.

여성용 제복의 상의는 남성과 같지만 하의는 무릎길이의 타이트한 스커트와 발목을 살짝 덮을 정도의 부츠였다.

참고로 남자는 슬랙스에 가죽 구두였다.

기가 센 마리아가 이 제복을 입으니 정말로 군의 사관 느낌이 든다.

참고로 시실리는 자상한 후방 지원 아가씨 같은 느낌이었다.

이것도…… 좋아!

올리비아도 사무 쪽이라는 느낌이 드네.

저렇게 보여도 혼자서 마인을 토벌할 수 있는 실력이 있지만.

유리는…….

열대여섯 때는 요염했는데 열여덟이 된 지금은 어른스러운 분위기가 물씬 풍겼다.

그런 유리가 제복을 입으니…….

응.

뭐랄까, 그런 가게에 온 것 같은 착각이 드네.

본인은 느긋한 성격이라 그런 분위기와는 인연이 없지만…….

그런 여성들을 보고 있자니 앨리스와 린이 당당하게 말을 걸었다.

"이히히! 유능해 보이지?"

"볼 거면 지금뿐."

오그가 마련한 제복이니 사이즈는 우리에게 딱 맞았다.

물론 앨리스와 린도 마찬가지.

그럴 텐데…….

아무리 봐도…….

"아~ 응…… 어울려…… 푸흡!"

"왜 웃는 거야?!"

"너무해."

"미— 미안…… 아니— 아무리 봐도 중등학원생의 직업 체험으로만 보여서……."

"열여덟 처녀한테 중등학원생이라고?!"

"이제 곧 열아홉이 됨."

"나는 그게 믿기지 않는다고!"

앨리스와 린은 우리 중 누구보다도 생일이 빠르다.

지금은 3월이니 다음 달에는 두 사람 모두 열아홉 살이 된다.

······거짓말 같지? 이제 곧 열아홉이 된다니까?

"장난은 그쯤 해둬라. 준비가 끝났으면 가자."

내가 앨리스와 린과 떠들고 있으니 오그가 끼어들었다.

"너희는 아직 간 적이 없는 곳이니 내 게이트로 가지."

오그는 그렇게 말하며 직접 게이트를 열었다.

우리가 간 적 없는 곳?

"그게 어딘데?"

"그러고 보니 아직 말하지 않았군."

오그는 그렇게 말하며 게이트를 지났다.

우리도 서둘러 그 뒤를 따랐다.

그리고 게이트를 통해 도착한 어느 건물의 방.

그러나 그곳이 알스하이드가 아니라는 것은 금방 알 수 있었다.

그 이유는······.

『이게 그렇게나 해?! 너무 비싸— 깎아주소!』

『아따— 좀 봐주이소— 행님. 우리도 남는 거 없다니까요?』

『그걸 어떻게든 하는 게 상인아이가!』

『뭐라꼬?! 그런 억지가 어뎄노?!』

『앙?! 뭐라고?! 함 해볼끼가?』

『그래! 해보자꼬!』

창밖에서 그런 소리가 들려왔으니까.

게다가 그런 대화가 여기저기서 들렸다.

이거 혹시…….

"오그, 여기는…….."

새삼스럽게 물어볼 것도 없겠지만 일단 확인해보았다.

"그래. 모두의 예상대로 여긴 엘스 자유 상업 연합국이다."

그렇겠지.

알고 있었어.

"여기가 엘스…….."

오그가 우리는 아직 간 적이 없다고 말했던 이유를 알게

됐다.

엘스 자유 상업 연합국은 카난 왕국과 크루트 왕국보다도

동쪽에 있는 나라.

전에 각국에 마인이 나타나도 바로 게이트로 갈 수 있도록 세

계를 돌아다닌 적이 있었지만, 그때 엘스에는 들리지 않았다.

마인령과 엘스 사이에는 카난과 크루트가 있으니까.

거기를 넘어 엘스를 습격할 리가 없다고 판단했기 때문이다.

참고로 이스는 알스하이드와 스이드— 담의 남쪽에 있다.

그건 그렇고.

"오그는 언제 엘스에 왔어?"

"마인령 재개발 건으로 몇 번인가 온 적이 있지."

아. 그렇구나.

마인왕전역…… 슈투름이 일으켰던 소동을 그렇게 부르는

데, 그것이 끝난 뒤 구 제국의 영토는 전쟁에 참가한 각국에 분배됐다.

그때, 구 제국과 국경이 맞닿지 않은 엘스와 이스는 영토를 분배받지 않았다.

연합은 대국인 엘스와 이스가 자신들과 함께하기를 원했는데, 엘스는 결전 이후 구 제국 영토의 부흥에 필요한 자재 등을 전부 엘스 상인에게 맡긴다는 조건으로 연합에 가담했고, 이스는 이스 신성국 직할 교회의 설립을 조건으로 연합에 참가했다.

이렇게 들으면 이스만 조건이 나쁜 것 같지만…… 이스는 그 회담에서 저지른 게 있으니까.

사실은 국경이 맞닿아 있지 않지만 이스 신성국령의 영지를 배분하는 계획도 있었다고 하니 그 풀러라는 대사교 때문에 이스는 큰 손해를 본 셈이다.

결국 풀러는 국제회의에서 타국의 요인을 납치하려 한 일— 그리고 그 전부터 저지른 악행 때문에 처형당했다고 한다.

그건 그렇고, 마인왕전역 후의 엘스는 구 제국령을 부흥시키기 위해 무척이나 바빠졌다.

뭐, 현재진행형이지만.

오그는 그런 전후의 부흥을 돕고 있을 것이다.

우리는 오그가 그렇게 구 제국 영토의 부흥에 관련된 일을 하는 사이에 각국에 자연 발생한 재해급 마물 토벌과 자연재해의 피해를 입은 지역 복구 등에만 출동했었다.

다시 말해 은근히 여유로운 시간이 있었다.

나와 시실리는 그 시간을 대부분 실버를 돌보며 보냈기에 오그의 동향까지는 파악하지 못했었지.

"제법 그럴듯하게 왕태자 일을 하고 있네."

"……나에 대한 너의 평가에 항의하고 싶다만…… 뭐, 통신기로 대화할 수 있지만 서류를 주고받아야 하는 절차도 있으니 직접 만나야 할 필요가 있었지."

"그렇구나. 그래서 게이트를 쓸 수 있는 오그가 번번이 엘스에 왔다는 뜻이군."

"그래. 이곳도 내가 게이트로 이동하기 위해 엘스가 마련해준 방이지. 오늘도 여기에서 마차로 대통령부까지 갈 거다."

"대통령부?"

엘스의 대통령인 아론 씨와는 면식이 있다. ……아니, 면식이 있는 정도가 아니라 사형이라 할 수 있는 사이다.

사형을 만나기 위해 일부러 새로운 제복을 입고서 마차를 타고 대통령부에 간다고?

그 말은 오늘의 용건은 대통령의 정식 의뢰라는 건가?

"뭐랄까…… 엄청 중요한 일일 것 같네."

내가 그렇게 말하자 오그는 피곤한 듯이 한숨을 쉬었다.

"실제로 중요한 일이야. 자세한 내용은 아론 대통령께서 이야기해주신다고 하니 지금은 말할 수 없지만."

"점점 더 성가실 것 같은 예감이 드는걸."

일국의 왕태자인 오그가 말할 수 없는 내용이라니…….

무척 성가신 일이 벌어질 것 같은 예감이 든다.

"하지만 이건 엘스가 우리 얼티밋 매지션즈에게 요청하는 정식 의뢰다. 나라의 지도자가 보낸 의뢰를 거절할 수는 없지."

"우리는 아직 체계도 갖추지 못했는데……."

"그렇긴 하지만……."

우리가 학원을 졸업한 것은 어제.

이후 각국에서 우리가 세계를 향해 적의를 품지 않는다는 감시의 의미도 포함한 사무원이 파견될 계획이었다.

그리고 그 사람들이 부임한 뒤에 정식 조직으로 활동할 예정이었다.

그런데, 그것을 기다리지 않고 찾아온 의뢰.

"아론 씨…… 상당히 급한 일인가?"

"급했다기보다 주변의 압력이 성가셨던 탓이겠지."

아론 씨는 대통령이라는 칭호대로 국민이 선거로 뽑은 나라의 대표다.

엘스의 지도자는 알스하이드나 다른 나라와는 다르게 세습이 아니다.

그렇다면 아론 씨를 실추시키고 싶은 인물도 있을 테고, 그런 사람들은 아론 씨에게 트집을 잡으려 할 것이다.

행동이 너무 굼뜨다는 식으로.

그렇다면 한 가지 확인하고 싶은 것이 있다.

"그렇다면 이 타이밍에 우리에게 이 이야기가 온 건……."

"그래. 아론 대통령이 주변의 불만에도 불구하고 우리가 졸업하기를 기다려주신 거다."

역시 그런가…….

아론 씨, 싫은 소리를 잔뜩 들으면서도 우리를 배려해줬구나.

……할머니가 무섭다는 이유는 아니겠지?

그게 제일 가능성이 높을 것 같기는 하다.

어쨌든 그렇게 배려해주신 거잖아. 그렇다면 사제로서 사형의 기대에 부응해야지.

그렇게 우리는 건물에 상주하는 마차를 타고 대통령부로 갔다.

몇 대의 마차로 나누어 탔는데, 내가 탄 마차에는 시실리와 마리아, 오그가 있었다.

아마도 곧 도착하겠지만, 마차로 이동하는 도중 나는 줄곧 신경 쓰였던 일을 오그에게 물어보기로 했다.

"저기, 오그."

"무슨 일이지?"

"……담은 어떻게 됐어?"

"담 말인가……."

상인들에 의한 공화제인 엘스에 온 것으로 어떤 사건을 떠올렸다.

마인왕전역이 끝나고, 세계에 선전 포고하려다 곧바로 진압된 뒤 군주제가 폐지된 나라 담.

당시에는 그 왕의 폭거를 사전에 막은 히이로 카툰 군 사령 장관이 임시 국가 원수가 됐지만, 그 후 정식으로 카툰 씨가 수상의 자리에 앉았다.

국명도 담 왕국에서 담 공화국으로 개명하고, 귀족 제도를 완전히 철폐.

폐지된 귀족 제도 대신 시민이 의원을 선출해 나라를 운영한다고 들었다.

엘스도 시민이 선거로 대통령을 선출하고 있지만, 완전한 민주주의냐고 물으면 그렇게 단언할 수는 없다.

대통령에 입후보할 수 있는 것은 각 구역을 다스리는 지사인데, 지사는 상인들의 담합으로 유력한 상인 중에서 선출된다.

시민이 선거를 통해 선출하는 방식이 아니다.

그렇다면 어째서 지사는 상인의 합의라는 밀실에서 정해지는가.

그것은 경영 수완에서 인간성까지, 일반 시민보다 상인이 다른 상인을 잘 알고 있기 때문이다.

그리고 이렇게 말하면 미안하지만 엘스 시민의 낮은 교육 수준에도 이유가 있다.

구 제국 정도는 아니지만 학교에 다니는 사람은 일부의 유복한 사람의 자재뿐.

학교에 다닐 수 없는 자가 압도적으로 많으니 교육 수준면에서는 아무래도 낮을 수밖에 없다.

열다섯 살 이하에 의무 교육이 있는 것은 알스하이드 정도뿐이다.

그런 이유도 있다 보니 지사를 선출할 때는 일반 시민이 참가하지 않는다.

그러나 대통령 선거는 일반 시민이 참가하는 선거.

그 이유는 후보자인 지사의 능력은 그 지사가 다스리는 구역의 발전 정도를 보면 알 수 있기 때문이다.

다른 구역의 발전 상황은 대통령부에 있는 선거 관리 위원회가 공평하게 만든 각 구역의 평가 자료를 보고 판단할 수 있다.

시민들은 어느 구역을 다스리는 지사가 대통령이 되면 자신들에게 득이 되는지 판단해 그 후보자에게 표를 준다.

엘스에서는 그렇게 대통령이 선출되지만…….

담이 이번에 선택한 것은 완벽한 민주제.

담은 그렇게 큰 나라는 아니지만, 그래도 나라에 몇 개의 도시가 있다.

그 도시의 대표와 운영하는 지방 의원, 그리고 국가를 운영하는 국회의원까지 전부 일반 시민이 선출한다.

다시 말해 지금까지 각 도시를 다스리던 귀족 대신 시민의 대표가 통치하게 됐다.

군주제에서 민주제로 전환.

전생의 역사를 봐도 그렇게 드문 일이 아니다.

하지만…….

"신이 걱정하는 대로다. 잘 풀리지 않고 있지."

"역시나……."

이번 담의 완전 민주제로의 변화.

그에 대한 내 우려.

그것은…….

귀족 제도를 「완전히」 철폐하고 정치판에서 귀족을 배척한 일이다.

지금까지 각 도시와 나라를 운영하던 것은 귀족들.

다시 말해 정치의 프로를 완전히 배척하고 의원으로 선출된 것은 정치 초보자인 일반 시민이라는 뜻이다.

도시와 나라를 다스리는 노하우도 없는데 시민이 갑자기 정치를 할 수 있을까?

보통 군주제에서 민주제로 이행할 때는 원래 지배 계층이었던 사람의 일부를 정부에 남겨둔다고 생각했다.

그것을 완전히 배척한 것을 걱정했는데…….

우려했던 것처럼 잘 풀리지 않는 듯하다.

"의원과 상인 사이에서는 뇌물이 횡행— 거기다 의원의 입김이 닿는 범죄 조직까지 있다더군."

"체제가 변한 지 1년 정도 지났지? 벌써 그렇게 된 거야?"

"아무래도 의원으로 선출된 사람 중에서 음지 사람이 제법 된다는 모양이다."

"자신의 부하를 동원해 조직적인 움직임으로 선출된 건가……."

"지금까지 나라의 감시를 피하던 음지의 인간이 정당하게 권력을 얻은 거다. 이제 담은 범죄 소굴이라고 부를 수 있을 정도지."

"그렇다고 참견할 수는 없는 건가……."

"그렇게 되면 내정 간섭이니까 우리는 조용히 지켜볼 수밖에 없어. 안타깝게도."

그나저나 담의 카툰 씨는 왜 이런 일을 벌인 걸까?

확실히 담은 예전에 몇 번인가 실패를 했다.

군의 톱이 폭주해 자칫 마인을 놓칠 뻔했다.

그리고 외교관이 창신교의 교황인 예카테리나를 암살하려 했다.

실제로는 모두 마인이 뒤에서 조종했다는 사실이 밝혀졌지만, 국가의 신용도는 땅에 떨어졌다.

마지막에는 왕까지 폭주했는데, 시기가 마인을 전부 토벌한 뒤였으니 완전히 사리사욕 때문이었다.

그런 왕족에게서 권력을 빼앗고 싶었던 것은 이해할 수 있지만……

갑자기 시민에게 정치를 맡기면 이렇게 될 것을 예상하지 못했던 걸까?

……못했겠지. 이 결과를 보면.

국가로서의 명성을 되찾으려 했던 개혁이 국가의 신뢰를 더욱 떨어뜨리고 말았다.

담의 행보에 상당한 불안을 품으며, 우리는 엘스 대통령부에 도착했다.

"오, 신 군. 잘 와줬대이."

"오랜만에 뵙네요, 아론 대통령님."

"딱딱하네. 우리 사이에 무슨. 편하게 아론 아저씨라고 부르래이."

"그래도 그건……."

오랜만에 만난 아론 씨에게서 그런 말을 들었다.

아니, 확실히 우리 집에서 만났을 때는 그렇게 불렀지만.

하지만 정말 여기서 그렇게 불러도 되는 거야?

왜 이렇게 당황하는가 하면, 다른 아이들과 함께 엘스 대통령부에 온 우리는 곧바로 아론 대통령이 기다리는 회의실로 안내받았다.

그렇게 찾아간 회의실에는 당연히 아론 씨가 있었지만, 다른 사람도 있었다.

알스하이드도 그렇지만 나라는 통치자 혼자서 운영하는 것이 아니다.

나라마다 부르는 명칭은 다르지만 다양한 부서가 존재한다.

아론 씨의 주위에 있는 사람은 그런 부서의 책임자들.

알스하이드 식으로 말하자면 각 국장이 전부 모인 셈이다.

다시 말해 이곳은 이미 공식적인 자리.

얼티밋 매지션즈의 대표라지만 내가 아론 씨를 친근하게 불러도 되는 걸까?

그런 식으로 당황하자 옆에 있던 오그가 귓속말했다.

"아까 대통령은 주변에서 압력이 심하다고 말했지? 여기서 너와 친밀한 사이라는 것을 어필해두고 싶은 거겠지."

"받아줘도 되는 거야?"

"괜찮지 않을까? 어차피 우리는 이 나라 사람이 아니니까."

"그래……."

자세히 보니 아론 씨의 이마에 땀이 맺혀 있었다.

역시 오그의 말대로 퍼포먼스의 일환이겠지.

빨리 받아달라는 감정이 얼굴에 드러나 있다.

어쩔 수 없지.

여긴 아론 씨의 계획에 넘어가 줄까.

"뭐, 그건 그러네요. 사형인 아론 씨를 너무 딱딱하게 대했네요."

내가 그렇게 말하자 주변 사람들이 술렁였다.

그리고 아론 씨는 확연하게 안도한 표정이 됐다.

"그럼! 스승님의 손자라면 내 아들이나 마찬가지대이. 너무 딱딱하게 굴면 슬프재."

"그건 그렇지만 장소를 가려야 하지 않을까요?"

"어이쿠, 그렇지. 하하하. 미안하대이. 그럼 이제부터 대통령처럼 굴기라."

아론 씨는 그렇게 말한 뒤 헛기침을 했다.

"아우구스트 왕태자 전하, 얼티밋 매지션즈 대표 신 님. 엘스의 요청에 응해주시어 진심으로 감사하대이."

오…… 평소 할머니에게 혼나는 모습만 봤는데 이렇게 있으니 정치가라는 느낌이 드네.

"그럼 이번 요청 말인데…… 신 군, 아우구스트 전하께 설명은 들었나?"

"아니요. 아무래도 복잡한 사정이 있는 모양이라 자세한 이야기는 대통령님께 직접 들으라는 말만 들었어요."

"그렇구먼. 그럼 자세히 이야기해주겠대이. 그 전에, 신 군."

"네?"

"신 군은 엘스의 동쪽에 대해 아는 거 있나?"

"엘스의 동쪽이요? 음…… 아마도 험준한 산맥이 있었죠?"

"그래."

"그 험준한 산맥을 넘으면 광대한 사막이 펼쳐져 있고, 그 너머에 대해서는 아직 알려진 바가 없다…… 맞나요?"

"맞대이. 근데 그건 사실이 아닌기라."

"어? 어느 부분이요?"

"알려지지 않았다……는 부분이제."

"그렇다면…… 그 너머에 대해 어느 정도 밝혀진 부분이 있나요?"

"맞대이. 산맥을 넘어 나오는 대사막을 넘은 곳에는…… 나라가 있대이."

응? 그게 뭐야? 처음 듣는데?!

역시나 주변 모두도 술렁였다.

놀라지 않은 것은 엘스 진영 사람들과 오그뿐이었다.

"전부터 몇 년에 한 번 사막과 산맥을 넘어 엘스까지 도착한 사람이 있었대이."

"어? 하— 하지만 그런 이야기는 한 번도 들은 적이 없는데요."

"당연하제. 정보가 퍼지지 않도록 엘스에서 통제한 기라."

"그…… 그건 또 왜……."

"아직 어디와도 국교를 맺지 않은 나라대이. 교역을 독점하고 싶은 게 당연한 기라."

나왔다. 상인의 정보 독점.

그야 확실히 엘스만 교역을 독점할 수 있다면 큰 돈벌이가 될 것이 분명하겠지.

그건 이해하지만…… 상인은 역시 치사하네.

응?

잠깐.

"그렇게 독점한 정보를 어째서 우리에게 알려주신 건가요?"

내가 그렇게 묻자 아론 씨는 깊은 한숨을 내쉬었다.

"그야 엘스로서는 알려주고 싶지 않았지만 그럴 수도 없게 됐으니 말이제."

"그렇다면?"

"엘스는 지금까지 사막 너머에 있는 나라…… 쿠완롱이라는 이름인데— 거기와 교역하려 한 기라. 그런데……"

"그런데?"

"잘 안 풀리드라고. 어째서인지 알겠나?"

사막 너머에 있는 나라와 교역할 수 없었던 이유.

그 이유는 한 가지밖에 없겠지.

"안정적인 이동 수단이 없었던 건가요?"

"맞대이. 애초에 산맥을 넘는 것조차 어려운데, 간신히 산맥을 넘어도 그 다음에 기다리는 건 사막인기라. 방법이 없제."

그렇겠지.

짐은 이공간 수납을 쓸 수 있는 사람에게 맡긴다 해도 당연히 현지로 가지 않으면 짐을 건넬 수 없다.

그리고 교역은 물건을 보내는 것만이 아니다.

돌아올 때는 그쪽의 물건을 가지고 돌아와야만 한다.

그렇다면 당연히 상인도 동행해야 하는데……

엘스의 동쪽에 있는 산맥은 상당한 난관이라 단련되지 않은 상인이 넘기란 어려운 일이라고 한다.

설령 산맥을 넘었다 해도 다음에 기다리는 것은 넓은 사막.

"매번 쿠완룽에서 엘스에 도착하는 사람들도 대부분 엉망이 돼서 도착한대이. 그러니 뭐— 교역할 수 있으믄 좋겠다 싶은 정도였는데……."

"서둘러야 하는 사태가 발생했다는 뜻인가요?"

"맞다."

그게 뭐지? 무지 성가실 것 같잖아.

"자세한 얘기는…… 저기, 그 두 사람을 불러오래이."

"네!"

아론 씨는 직원에게 누군가를 불러오라고 지시했다.

지금까지 이야기의 흐름으로 볼 때 그 두사람은…….

"지금 들어올 사람은……."

"니 예상이 맞을 기다."

아론 씨가 그렇게 말한 것과 동시에 회의실 문이 열렸다.

열린 회의실 문으로 두 사람이 나타났다.

처음에 나타난 사람은 여성.

작은 체구에 검고 긴 머리를 독특하게 땋았다.

알스하이드 주변 사람과 비교해 이목구비가 둥그런 것이 전생에서의 동양인 같은 얼굴이었다.

이어서 들어온 것은 남성.

이쪽은 큰 체구에 근골이 장대했다.

마찬가지로 검은 머리를 뒤에서 세 갈래로 땋았다.

그도 동양인 같았다.

"동방의 나라, 쿠완롱에서 온 밍 샤오린 씨와 리판 씨래이."

"처음 뵙겠습니다. 밍 샤오린입니다."

"리판이다."

회의실에 들어온 소녀가 먼저 이름을 댄 다음 체격이 큰 남성이 이름을 댔다.

오랫동안 교류가 없었던 나라이니 말이 통하지 않을지도 모른다고 생각했지만 평범하게 통했다.

"처음 뵙겠습니다. 신 월포드입니다. 언어가 같아 안심이네요."

내가 그렇게 말하자 소녀는 살짝 기쁜 표정을 했다.

"아니요. 이 나라의 말은 우리나라의 말과 상당히 다릅니다."

"어? 하지만……."

상당히 자연스럽기에 같은 말을 쓰는 나라라고 생각했다.

내가 당황한 것이 전해졌는지 소녀는 미소를 지으며 설명을 해주었다.

"이 나라의 말을 어느 정도 배워뒀습니다."

"어? 그런가요?"

"네. 아까 우리나라에서 이 나라에 온 사람이 있었다는 말을 듣지 않으셨나요?"

"네, 들었어요."

"그렇다면 이 나라에서 우리나라에 온 사람도 있을 것 같지 않나요?"

"확실히 그러네요."

"장래에 이쪽 나라들과 사업을 하고 싶어 어학을 공부해 뒀습니다."

"그랬군요. 전혀 어색하지 않아서 같은 언어를 쓰는 줄 알았어요."

"후후, 감사합니다. 언어는 사용하다 보면 익숙해지니까요. 하지만……."

"하지만?"

"이 나라의 말은…… 기존에 배웠던 말과는 달라서 처음에는 무슨 말인지 몰라 고생했었어요."

"아, 여기 엘스였지……."

엘스 사투리는 표준어의 변형이니 외국인에게 언어를 알려준다면 우선 표준어부터 알려줘야겠지.

그래서 표준어를 배웠더니 주변에서 들리는 말은 엘스 사투리…….

"그럼 반쯤 다른 언어로 들리지 않았나요?"

"네…… 이쪽 언어는 통하는데 상대가 무슨 말을 하는지 알 수 없어서…… 결국 정확한 의사소통이 될 때까지 반년이나 걸렸습니다."

"반년이나요? 요구를 전달하는 것뿐이라면 금방 가능하지 않나요?"

"맞습니다. 하지만 상대의 말에 의미를 알 수 없는 말이 섞였는데 함부로 말할 수 없었습니다. 일단 계약을 맺으면 설령 불리한 조건이라도 받아들일 수밖에 없으니까요."

"아, 그랬군요."

확실히 언어를 완벽히 모르는 시점에서 상대를 완전히 믿을 수 없겠지.

그래서 반년 동안 아무것도 요구하지 않고 언어를 이해하려 노력한 거야.

"굉장하네요. 저하고 나이도 비슷한 것 같은데…… 굉장하네요."

내가 감탄하며 그렇게 말하자 소녀는 멋쩍은 듯이 웃었지만 대신 리판이라고 밝힌 남성이 자랑스러운 듯이 이야기했다.

"당연하다. 샤오린 아가씨는 우수하시니까."

"흠…… 어라?"

확실히 우수한 것 같다고 생각했지만 그 말이 조금 걸렸다.

"어? 샤오린 아가씨? 밍 아가씨가 아니라요?"

"밍은 성입니다. 샤오린이 이름이에요."

"아, 성을 앞에 쓰시는군요."

"네."

그렇구나.

줄곧 교류가 없었던 만큼 문화적인 부분도 상당히 다른 듯하다.

이렇게 두 사람과 인사를 나누고 있으니 아론 씨가 이야기에 끼어들었다.

"밍 씨. 슬슬 사정을 설명해도 되겠제?"

"네. 알겠습니다."

샤오린 씨는 그렇게 말한 뒤 방금까지의 온화하던 분위기에서 진지한 분위기로 바뀌었다.

"우선 저희의 이야기를 들어주셔서 감사합니다."

그렇게 말하고 깊숙이 고개를 숙이는 샤오린 씨와 리판 씨.

"저희는 쿠완롱의 상인입니다. 이곳엔 사업을 위해 왔습니다."

뭐, 그렇겠지.

"하지만 엘스와 쿠완롱은 상당히 멀어 정기적으로 오가기 어렵습니다."

그 탓에 지금까지 교역할 수 없었다고 했으니까.

"엘스와 교역하지 않으면…… 저희 가문은 사라질 겁니다."

"갑자기 이야기가 무서워지네요?!"

사라진다고? 갑자기 무슨 이야기지?

"쿠완롱에서 저희가 다루는 상품을 팔 수 없게 됐습니다. 그래서 외국에 팔아야 합니다."

"팔 수 없게 됐다고요? 갑자기 왜? 그것보다 무엇을 팔고 계시는 거죠?"

국내에서 팔 수 없게 된 상품이라면 뭔가 위험한 물건이라도 다루는 건가?

엘스에서는 그런 걸 다뤄도 괜찮은 거야?

그렇게 생각하니 아론 씨가 이공간 수납에서 무언가를 꺼냈다.

"신 군, 이것 좀 보래이."

그렇게 말하며 보여준 것은 가죽이었다.

"가죽? 샤오린 씨가 다루는 물건은 가죽인가요?"

"그래. 이게 무슨 가죽인지 알겠나?"

"그렇게 물으셔도……."

소가죽이 아니라는 것은 알겠다.

파충류의 가죽 같은데…… 이런 가죽을 지닌 파충류가 있었나?

"죄송해요. 모르겠어요."

내가 그렇게 말하자 어째서인지 아론 씨가 고개를 끄덕였다.

어째서?

"그야 모르겠제. 오히려 안다고 말하면 어떻게 알았냐고 물어봐야 할 판이대이."

"이 가죽이 그렇게 위험한 물건인가요?"

"위험한 정도가 아니지. 이런 걸 가지고 있으면 체포당해도 이상하지 않제."

"체포라니…… 대체 무슨 가죽인데요?"

"이건 말이다……."

"이건……?"

아론 씨는 상당히 뜸을 들인 뒤, 가죽의 정체를 밝혔다.

"용의 가죽이대이."

그 말에 나를 포함한 주변 사람 모두가 숨을 죽였다.

"요, 용이라면…… 사냥하기만 해도 중죄 아닌가요……?"

"맞대이. 마인왕전역 때 쓰러뜨린 네 마리와…… 예전에 아저씨…… 멀린 님이 쓰러뜨린 한 마리. 공식적으로는 그 다섯 마리만 인정하고 있대이. 그 이외에는 전부 밀렵이제."

"용의 가죽이 상품이라니……."

샤오린 씨는 불법적인 사업을 하는 걸까?

"우리나라에서는 고급품이긴 하지만, 그렇게 희귀한 물건이 아닙니다. 오히려 공급이 너무 늘어서 폐기해야 할 때도 있습니다."

"네?!"

그렇다면…….

"샤오린 씨와 교류하게 된다면 용의 가죽이 유통된다는……?"

"그런 거제. 이런 큰 거래를 놓칠 수 없지 않겠나?"

"그…… 그러네요."

"그래서 우리는 밍 씨와 거래하고 싶은기라. 하지만 운송 수단……이라기보다 이동 수단이 없대이. 그래서 신 군에게 와달라고 한 거제."

"아니, 무슨 말인지 모르겠는데요……."

"하하하. 신 군, 겸손할 것 없대이. 그쪽들이 하늘을 날 수 있다는 건 다들 아니까."

"설마……."

우리에게 하늘을 날아 쿠완롱이라는 곳까지 가라는 말인가?

확실히 한 번 가면 그 후에는 게이트로 오갈 수는 있는데…….

설마 앞으로 계속 엘스와 쿠완롱을 왕복해달라는 의뢰?

그런 의뢰 내용인가 싶었더니 아론 씨가 제시한 것은 예상을 뛰어넘는 것이었다.

"그래! 하늘도 날 수 있고 마도구 제작의 이단아인 신 군이…… 하늘을 나는 탈 것을 만들어줬으면 하는 기라!"

"……."

"네?!"

엘스의 지도자들이 있는 곳에서 나도 모르게 큰소리를 내고 말았다.

응? 하늘을 나는 탈 것?

오그한테는 자동차조차 만들지 말라는 소리를 들었는데.

그걸 뛰어넘어 하늘을 나는 탈 것을 만들어달라고?!

살짝 오그를 보자 포기한 듯이 한숨을 쉰다.

어? 오그도 이미 승인한 거야?

"그래. 교역할 때마다 너희에게 부탁할 수는 없지 않갔나.

우리끼리만 오갈 수 있는 이동 수단이 필요하대이."

"그건…… 고마운데요."

"신 군이 걱정하는 건 안대이. 그러니 그 탈 것은 쿠완롱과 교역하는 것 이외에는 사용하지 않기로 약속할 기다. 우리도 마차 협회를 망하게 둘 수는 없으니까."

"음……."

"그리고 재료 조달과 제작도 우리가 할 테니 받아주면 안 되겠나?"

제발 부탁한다는 듯이 간절하게 고개를 숙이는 아론 씨.

내가 다시 오그를 보자 오그는 고개를 살짝 끄덕여 보였다.

"아, 알겠어요. 받아들일게요."

오그의 허락이 떨어진 것을 확인한 내가 의뢰를 받아들이겠다고 말하자 아론 씨는 고개를 벌떡 들었다.

"참말이가?! 다행이대이! 그럼 빨리 설계부터……."

아론 씨가 그렇게 말하며 재빨리 회의실에서 나가려 하자 오그가 막았다.

"아론 대통령님."

"응? 왜?"

"저번 이야기를 공식 문서로 만들어주시지 않으면 이 의뢰는 아직 받아들일 수 없습니다."

"아, 그랬제. 그럼 빨리 정리해볼까."

아론 씨는 그렇게 말한 뒤 다시 자리에 앉았다.

오그가 말한 이야기란 이번에 만드는 탈 것의 소유권은 얼티밋 매지션즈에 있으며, 어디까지나 엘스가 대여한다는 형태라는 것.

　엘스 이외의 나라가 쿠완롱과 국교를 맺는 것을 인정한다는 것.

　엘스 이외의 나라도 희망한다면 하늘을 나는 탈 것을 대여할 수 있다는 것.

　처음 쿠완롱에 갈 때는 얼티밋 매지션즈도 동행할 것.

　등등이었다.

　나머지는 관료들이 상세한 내용을 정한 뒤 공식 문서로 조인한다고.

　"이게 전부가? 그럼……."

　"아론 씨."

　이번에도 달려 나가려는 아론 씨를 샤오린 씨가 붙잡았다.

　"왜?"

　"아직 중요한 이야기가 남아 있습니다."

　아직 더 뭐가 남았어?

　"아, 그랬제. 미안하대이."

　아론 씨는 그렇게 말한 뒤 내게…… 아니, 내 옆에 앉은 시실리에게 시선을 보냈다.

　"월포드 부인."

　"네."

"실은 월포드 부인에게 치료를 부탁하고 싶은 사람이 있대이."

"제게요?"

시실리는 그렇게 말하며 불안한 듯이 나를 보았다.

그런 시실리를 본 아론 씨는 말을 이었다.

"그래. 뭐, 세간에서는 월포드 부인이 세계 제일의 치유 마법사로 불리지만 신 군이 더 굉장하다는 건 나도 안대이."

"그럼 어째서……."

"그건 제가 설명하겠습니다."

그렇게 말하며 샤오린 씨가 시실리 앞으로 다가와 그 이유를 말했다.

"성녀님께서 저희 언니를 치료해주셨으면 합니다."

"샤오린 씨의 언니를요?"

"네. 그렇습니다."

시실리에게 의뢰한다고 하니 아마 치료 관련 이야기가 아닐까 싶었는데, 그 예상이 맞았던 모양이다.

그리고 어째서 내가 아니라 시실리에게 의뢰하는 것인지도 치료해주었으면 하는 사람이 누구인지 듣고서 어느 정도 예상이 됐다.

언니라고 하면 여성.

그리고 여성의 치료를 여성 치유 마법사에게 의뢰한다는 말은…….

"언니는, 저…… 아이를 낳는 곳에 병이……."

역시 여성의 병인가.

자궁이나 여성기 등의 산부인과 쪽 질병은 아무리 치유 마법의 실력이 뛰어나도 남성 치유 마법사를 꺼려하는 경향이 있다.

상대가 치유 마법사— 다시 말해 의사라 해도 민감한 부분을 보이고 싶지 않은 탓이다.

내가 아니라 시실리에게 치료 의뢰가 있다는 시점에서 어렴풋이 예상했었는데 자궁에 문제가 생겼다는 뜻은…….

"죄송합니다, 샤오린 씨. 잠깐 여쭤도 괜찮을까요?"

"아, 네."

"저, 어떤 경위로 그 병을 알게 됐나요?"

"그건……."

샤오린 씨는 잠시 망설인 뒤 상세하게 이야기해주었다.

"언니는 기혼자입니다. 그리고 결혼 후 얼마 지나지 않아 아이가 생겼습니다만……."

"그걸 검사할 때. 병이 발견된 건가요?"

"네…… 그래서, 저기……."

샤오린 씨는 상당히 말하기 껄끄러운 듯이 말문을 흐렸기에 내가 대신 이야기했다.

"……아이를 유산했다……는 뜻인가요?"

"……네."

"그런……."

힘겹게 긍정하는 샤오린 씨를 보고서 시실리가 비통한 목소리를 냈다.

우리도 아이를 가지려 했었던 참이니까…… 유산했을 때의 충격에 공감했을 것이다.

그나저나…….

"어렵네……."

내가 한 말에 샤오린 씨가 민감하게 반응했다.

"저기! 월포드 님께선 언니의 병이 무엇인지 짚이는 게 있으십니까?!"

정말이지 필사적으로 내게 물었다.

"네. 어디까지나 추측입니다만……."

"그래도 괜찮습니다! 저희 쪽에선 대처할 수 없어서 병의 진행을 늦추는 것밖에는 할 수 없었으니까요……."

샤오린 씨는 그렇게 말하며 침통한 표정으로 고개를 숙였다.

"월포드 님. 그래서 스이란 님의 병이 무엇이지?"

입을 다문 샤오린 씨를 대신해 리판 씨가 내게 물었다.

"스이란 님? 샤오린 씨 언니의 성함인가요?"

"그렇다. 그보다 스이란 님의 병은?"

"아, 네. 그러네요. 음, 아마도 그건……."

이건 말하기에 용기가 필요하네.

병을 선고하는 의사의 괴로움을 알 것 같다.

"자궁암……이 아닐까 합니다."

아직 진찰하지 않았지만…… 자궁에 생긴 병.

치료했더니 유산됐다고 하니까 의료 전문가가 아닌 나로서는 그것밖에 떠오르지 않았다.

뭐, 산부인과의 병도 다양하다고 하니 아닐지도 모르지만 최악의 상황을 고려해두어야 한다.

내가 그렇게 말하자 주위가 조용해졌다.

그야 그렇겠지.

암이라면 전생에서도 죽음의 선고나 마찬가지였으니까.

내가 살아 있던 당시에는 생존율이 꽤 올랐다고 들었지만 역시 사망 원인 톱은 암이었다.

이쪽 세계는 마법으로 치료할 수 있기 때문인지 의료에 관한 지식이 뒤처졌다.

시실리의 치유 마법이 세계에서 최고 수준이라고 불리는 것도 내가 사냥한 동물을 해체하며 생물의 구조를 설명하며 알려주었기 때문이다.

그런 상황에서 암이라면 정말이지 불치병이겠지.

그렇게 생각했는데.

"저기, 신 군. 자궁암……이 뭔가요?"

"어?"

시실리의 말에 나도 모르게 얼빠진 목소리가 나오고 말았다.

어? 암을 몰라?

"어? 그게 왜, 위라든가 폐에 생기는 것 말이야."

"그렇게 말해도……."

어라? 진짜로 암 그 자체를 모르는 건가?

"설마……?"

"네?"

"아, 아니. 저기 자궁 이외에도 발생하는 병으로 그게 발생하면 생명을 잃을 확률이 높아진다는……."

"그럼 언니는! 언니는 이제 살 수 없는 건가요?!"

이런!

쓸데없는 소리를 하고 말았어.

화제를 돌려야지.

"아, 아니! 저기, 병의 진행을 늦추고 있다고 하셨죠? 어떻게 하셨나요?"

"병에 걸렸을 때 사용하는 찰을 사용했습니다. 덕분에 병의 진행은 멈췄지만, 대신 아이가……."

"아—, 그래서…… 그보다 찰이라고요?"

"네. 이겁니다."

그렇게 말하며 샤오린 씨가 꺼낸 것은 무언가가 그려진 종이였다.

"음…… 이게 뭐죠?"

"이쪽에선 뭐라 부르는지 모르겠지만 저희는 부적이라고 부릅니다. 우리는 이걸 이용해 마술을 사용합니다."

"흠……."

"참고로 쿠완룽 말로 『병 치료』라고 적혀 있어요."

"그렇군요."

문양인가 싶었더니 문자였구나.

샤오린 씨의 말로 볼 때 이건 한자와 마찬가지로 문자 하나에 의미가 담긴 글자겠군.

우리가 평소에 쓰는 문자로 적을 때보다 문자 수가 꽤 적다.

그렇게 생각하고 부적을 보고 있으니 오그가 중얼거렸다.

"신이 사용하는 부여 문자와 비슷하군……."

이런.

오그가 이상한 점을 눈치 채고 말았다.

다시 이야기를 돌려야지.

"이걸로 마법을 행사했다는 건, 그 병도 마법 자체는 통한다는 뜻이군요."

"네. 하지만…… 진행을 늦추기만 할 뿐이지 치료 자체는……."

그렇게 말한 샤오린 씨는 다시 고개를 숙였지만 방금 그 말로 희망이 보이기 시작했다.

"샤오린 씨. 확실히 어려운 병이지만 마법이 통한다면 아직 희망이 없는 건 아니에요."

"네?!"

샤오린 씨는 위로하려고 한 내 말에 반응해 고개를 퍼뜩 들었다.

"저, 정말인가요?!"

"어디까지나 가능성이지만요. 반드시 고칠 수 있다고는 할 수 없으니 지나친 기대는 하지 말아주세요."

"그래도…… 가능성이 있는 것만으로도……."

샤오린 씨는 그렇게 말하며 눈물을 흘리기 시작했다.

그런 샤오린 씨의 어깨를 리판 씨가 자상하게 안아주었다.

어…… 이건…….

"좋대이, 얘기 끝났제? 그럼 지금부터 설계에 대해 회의해야제. 신 군, 퍼뜩 가재이!"

"어?! 잠깐만요!"

샤오린 씨와 리판 씨의 관계를 추측하고 있으니 갑자기 끼어든 아론 씨가 억지로 끌고 갔다.

아잇— 정말!

분위기 파악 좀 해달라고요! 사형!

아론 씨에게 납치되어 하늘을 나는 탈 것의 설계 회의가 끝나고, 나는 간신히 별실에 모인 모두에게 돌아올 수 있었다.

거기엔 아직 샤오린 씨와 리판 씨가 있었다.

"하아…… 정말이지, 강압적이라니까."

"수고했다. 그래서 어떻게 설계했지?"

"아, 그건……."

우선 하늘을 날면 상당히 빠르게 이동하게 될 테니 형태는 유선형으로 만들기로 했다.

이착륙은 부유 마법을 사용한 수직 이착륙이 될 테니 랜딩에 타이어는 필요 없다.

대신 지면에 서기 위한 다리를 달기로 했다.

그리고 자세 유지를 위해 날개를 붙이기로 했고, 그 날개에 상하로 움직이는 보조익을 달아 방향전환을 할 수 있게 했다.

그 결과 옛날 비행선 같은 형태가 됐다.

그것을 그림으로 그리며 오그에게 설명했다.

"그렇군. 그래서 완성까지 얼마나 걸린다고 하지?"

"대충 3개월 정도래."

"상당히 빠르군."

"기본적으로는 마법으로 이동하니까. 어쨌든 빠르게 만든 뒤에 세세한 밸런스는 차차 조정하기로 했어."

"음. 그럼 이동 수단은 해결됐다 치고, 다른 한쪽은 어떻게 됐지?"

"그것 말인데."

나는 그렇게 말한 뒤 시실리를 보았다.

"시실리."

"네?"

시실리는 그렇게 말하며 고개를 갸웃했다.

예쁘다.

그게 아니라!

"미안하지만 앞으로 한동안 특훈이야."

"특훈이요?"

"응. 어쩌면 굉장히 힘들지도 몰라. 하지만 샤오린 씨의 언니를 구하려면 시실리가 그 치료 방법을 배워야 해. ……할 수 있겠어?"

앞으로 할 특훈은 체력적인 것만이 아니라 정신적으로도 힘든 훈련이 될 거다.

그러나 하지 않으면 샤오린 씨의 언니를 구할 수 없다.

그럴 마음이 있는지를 시실리에게 물었다.

그러자 시실리는 강한 의지가 담긴 눈으로 나를 보았다.

"할게요. 샤오린 씨를 위해서라도 반드시 특훈을 받아 치료 방법을 익히겠어요!"

"성녀님……."

시실리의 강한 의지에 샤오린 씨의 눈에 다시 눈물이 고였다.

언니를 상당히 소중히 여기는구나.

"월포드 님…… 아, 성녀님도 같은 월포드라고 하셨죠. 그럼……."

"나는 신이라고 불러줘요."

"저도 시실리라고 불러주시면 좋겠어요. 성녀님이라고 불리는 건 부끄러워서요……."

시실리도 부끄러워하면서 그렇게 말하자 샤오린 씨는 감동한 표정으로 우리를 보았다.

"신 님, 시실리 님. 저희를 위해 애써주셔서 감사합니다. 언니가 나으면 우리 상회도 다시 부흥하게 될 거예요."

"최선을 다할 테지만 아직 확실히 고칠 수 있다고 말할 수는 없어요."

"그래도 약간의 희망이 있다면……."

샤오린 씨는 반드시 언니의 병을 치료하고 싶은 모양이다. 가족이니까 필사적인 것도 이해가 된다.

그런데 그것과 상회는 무슨 관계인 거지?

"저기, 한 가지 여쭤도 될까요? 동생으로서 언니의 병을 고치고 싶다는 건 이해가 되는데, 그것과 상회는 어떤 관계가……."

내가 그렇게 묻자 샤오린 씨는 씁쓸한 표정으로 이야기했다.

"……언니는 저희 상회의 대표입니다. 저희 언니가 쓰러진 것으로 모든 일이 시작됐어요."

"언니가 상회의 대표? 그것참…… 상당히 젊으신 것 아닌가요?"

"원래 대표였던 아버지께서 사고로 돌아가시는 바람에…… 언니가 그 자리를 이었죠."

"아…… 그런……."

샤오린 씨는 아버지를 여의었구나.

"죄송해요. 힘들었던 일을 물어보는 바람에……."

"괜찮습니다. 벌써 3년이나 지났으니 신경 쓰지 않아요.

그리고 아버지의 뒤를 이은 언니는 우리와 마찬가지로 용 가죽을 다루는 상회와 협상을 계속해서 산하에 넣었고, 용 가죽 조합의 조합장이 됐어요."

흠. 고작 3년 만에 조합을 만들어 이끈다는 건가.

샤오린 씨의 언니는 상당한 실력자구나.

"하지만……."

방금까지 자랑스럽게 언니의 위업을 말하던 샤오린 씨의 표정이 어두워졌다.

"그런 언니가 쓰러져 차기 조합장의 자리를 두고 다툼이 벌어지기 시작했어요."

"뭐…… 흔히 있는 이야기네요."

"그것만이라면 그렇지만…… 그렇게 조합이 흔들릴 때 그 법령이 발포되는 바람에……."

"법령이요?"

"네, 그건……."

어두웠던 샤오린 씨의 얼굴에 씁쓸한 표정이 떠올랐다.

"용이 멸종할 우려가 있으니 사냥을 금한다고…… 그것만이 아니라 용의 가죽을 거래하는 것도……."

"어?"

용 사냥을 금지?

그건…….

"어? 샤오린 씨, 이상하지 않아?"

다들 샤오린 씨의 이야기를 듣고 있었는데, 앨리스가 의아하다는 듯이 말했다.

"아까 용은 이따금 사냥하지 않으면 개체 수가 지나치게 늘어난다고 하지 않았어?"

그렇다. 분명히 아까 용 가죽을 보여줬을 때 그렇게 말했었다.

그런데 멸종할 우려?

"네. 그것이 이상해요. 그런데 나라는 그런 법령을 내렸어요."

분한 듯이 그렇게 말한 샤오린 씨는 다시 고개를 숙였다.

무거운 분위기 속에서 본가가 공방을 운영하는 마크가 샤오린 씨에게 말을 걸었다.

"저기, 그렇게 되기 전에 항의라든가, 사냥해도 문제없다는 자료 등을 제출하지 않았습까?"

빈 공방도 다양한 소재를 다루니까.

어쩌면 그런 경험을 했었는지도 모른다.

마크의 질문에 샤오린 씨는 난처한 표정을 했다.

"그게…… 앞서 말씀드렸던 것처럼 조합이 혼란스러운 시기여서…… 그런 법안이 나올 줄은 아무도 몰랐어요."

의논할 틈도 없이 결정됐다는 건가.

아니…… 하지만…….

"정부는 대체 무슨 생각이지? 만약 그랬다가 용이 넘쳐나면 어떻게 책임질 생각인 건지 모르겠군."

이 이야기를 처음 들었는지 오그가 드물게도 분노를 드러냈다.

하지만 그렇겠지.

실제로 마물이 된 용을 상대한 적이 있는 나는 알 수 있다.

마물이 되지 않았다 해도 전투력이 없는 일반인이 습격당하면 조금도 버틸 수 없을 것이다.

그것을 방치하겠다니…….

다들 같은 심정인지 무거운 표정이었다.

그나저나.

"저기, 샤오린 씨. 그 법이 어떤 경위로 정해졌는지 아시나요?"

"아니요…… 저희로서는 너무나 뜻밖이라…… 법령이 발포된 후에 행정부에 항의하러 갔습니다만, 전혀 받아들여주지 않아 우리는 대량의 불량 재고를 떠안게 됐어요."

"방법이 없다는 건가요…….'

"하지만!"

"꺅!"

고개를 숙였던 샤오린 씨가 불쑥 고개를 들며 시실리의 손을 잡았다.

"시실리 님의 힘으로 언니가 나으면 행정부와 교섭할 수 있어요! 언니는 행정부와 안면이 있으니 법령 수정을 진언할 수 있어요! 그러니 부디!"

"아— 알겠어요. 최선을 다할 테니……."

"부탁이에요! 부탁이에요……."

흥분한 모습에서 점차 울먹이는 샤오린 씨를 본 나는 시실리의 어깨에 손을 가볍게 올렸다.

"책임이 막중하네."

"……네. 반드시 샤오린 씨의 언니를 치료하겠어요."

그런 시실리의 표정은 결의에 차 있었다.

아론 대통령과 샤오린 씨와의 회담을 마친 다음 날부터 시실리의 특훈이 시작됐다.

그저께 고등 마법 학원을 졸업한 우리는 그제야 평일의 일과 시간을 마음대로 쓸 수 있게 됐다.

지금까지는 방과 후나 학원의 휴일에만 시간을 낼 수 있었으니까.

그래서 우리는 시실리가 신세 지는 치료원을 찾았다.

교회에 병설된 치료원에는 다친 사람, 병에 걸린 사람 등 도움이 필요한 다양한 사람이 찾아온다.

평소에는 창신교의 신자가 치료원에 상주하며 치료해준다.

그중에 상처에 관해서는 목숨이 위험한 수준이라 해도 상주하는 신자들이 어떻게든 대처할 수 있게 됐다.

이것은 시실리가 내게 배운 치유 마법을 신자들에게 알려준 결과였다.

사람의 목숨을 구하는 기술을 숨기는 건 이상한 일이라고 생각한 내가 제안했다.

그 기술은 치료원의 다른 신자에도 보급되었고, 시실리는 점점 더 숭배의 대상이 되었다.

본인은 부끄러워할 뿐이지만.

참고로 그 기술을 내가 시실리에게 전수했다는 사실이 알려져 나까지 숭배의 대상이 되는 바람에 깜짝 놀랐었다.

치료에 관련된 이야기는 전부 시실리를 향할 거라고 생각했으니까.

뭐, 오늘 치료원에 온 것은 상처를 치료하기 위해서가 아니다.

시실리의 특훈을 위해서다.

사정을 설명하자 치료원 원장님은 시실리의 특훈에 협력하겠다고 동의한 환자만 참여한다는 조건으로 허가해주었다.

지금부터 인체 실험을 벌이는 것인데도 의외로 대부분의 환자가 승낙해주었다.

듣자니 시실리의 기술 향상을 위해서라면 흔쾌히 몸을 바치겠다는 사람이 남녀노소를 불문하고 많았다고.

나는 이때 시실리가 성녀로서 민중에게 얼마나 많은 사랑을 받고 있는지 알게 된 나머지 기쁨의 눈물을 흘릴 뻔했다.

시실리는 실제로 살짝 울먹였다.

이렇게 나와 시실리의 특훈이 시작되었다.

처음 들어온 사람은 분명 감기에 걸렸을 남성이었다.

시실리는 신체 탐사 마법을 쓸 수 있으니 우선 남성의 전신을 조사했다.

나와 할아버지, 할머니, 그리고 고용인들이 건강할 때 잔뜩 신체 탐지 마법을 사용했으니 건강한 사람과 그렇지 않은 사람의 차이를 구분할 수 있게 됐다.

그 결과 몸에 극히 미세한 이물질이 뒤섞인 것을 발견.

전에 내가 예카테리나 씨에게 했던 것처럼 혈액에 정화 마법을 흘려보내자 남성은 곧바로 회복되었다.

남성은 지나칠 정도로 시실리에게 고맙다고 말한 뒤에 돌아갔다.

그런 환자가 몇 명인가 이어진 뒤 드디어 그 환자가 나타났다.

"저기…… 예전부터 위가 아파서…… 이제는 견디기도 힘들어요."

힘겹게 호소하는 중년 여성.

시실리는 서둘러 신체 탐지 마법을 발동한 뒤 복잡한 표정으로 내게 말을 걸었다.

"신 군, 저기, 이거……."

"왜?"

"위에 뭔가 평소와 다른 게 있어요. 이게 뭔가요?"

"위에?"

나도 처음엔 위염이나 위궤양인가 싶었지만 탐지해보니 염증이 아닌 종양이 있다는 것을 알 수 있었다.

나는 의료 전문가가 아니라서 단언할 수 없지만 위에 종양이 생기고 통증을 동반하며 몸 상태가 좋지 않다면 아마 분명할 것이다.

"……이거네."

"……!"

내 말에 시실리가 긴장한 것이 느껴졌다.

이제야 진짜 특훈이 시작된다는 것과 앞서 내가 그 병에 걸리면 목숨을 잃을 확률이 높다고 이야기했기 때문이겠지.

전보다 훨씬 진지한…… 아니, 험악한 얼굴이었다.

"어, 저기…… 왜 그러시나요?"

우리가 갑자기 복잡한 표정을 했기 때문이겠지.

환자가 불안한 얼굴로 우리를 보았다.

사실을 알려줄지 망설였지만, 오늘 여기에 온 것은 이 병을 고치기 위한 특훈을 위해서다.

그래서 나는 마음을 굳히고 환자에게 이야기했다.

"……당신의 몸에서 종양이 발견되었습니다. 오늘 우리가 병에 걸린 분을 치료하게 해달라고 한 것은 이 병을 고치는 훈련을 위해서였어요. 일단 사전에 승낙받았겠지만 다시 여쭤볼게요. 시실리의 특훈을 위해 시실리가 치료해도 괜찮을까요?"

"네? 아, 네. 그건 상관없지만…… 저기…… 제 상태가 그렇게 안 좋나요?"

환자의 말에 나와 시실리는 순간 말문이 막혔다.

말해야 할까…….

나 혼자서 판단할 수 없어서 원장님에게 의견을 물었다.

그 결과 환자에게 어떤 병인지 알려주었으면 한다는 말을 들었다.

그리고 어떤 치료를 할지도.

그 말을 들은 나는 환자에게 알려주기로 했다.

"당신의 병은 그대로 내버려 두면 목숨을 잃을 가능성이 높아요."

"네……?"

"몸의 세포 분열 이상…… 몸속에 정상이 아닌 부분이 생겼어요. 지금부터 할 치료는 그 이상한 부분을 정상으로 되돌리는 치료예요."

"그, 그렇군요……."

환자가 알 수 없다는 표정을 했기에 다급히 알기 쉽게 풀어서 설명했다.

그러나 환자는 전혀 모르겠다는 표정으로 애매하게 끄덕였다.

뭐, 어쩔 수 없지.

중요한 것은 다음이다.

"최선을 다하겠습니다. 하지만…… 최악의 사태는 각오해 두셔야 합니다."

내가 그렇게 말하자 환자는 충격을 받고 고개를 숙였다.

그야 그렇겠지.

병을 고치러 왔는데 죽음의 선고를 받았으니까.

그리고 잠시 후, 환자는 고개를 들었다.

"오늘 여기에 온 건 운이 좋았네요."

"네?"

"평소엔 상처 치료를 맡아주시는 성녀님이 오늘따라 병을 치료해주셨잖아요. 게다가 마왕님까지 함께 계시고. 이만한 행운이 어디에 있겠어요."

불안할 텐데도 환자는 미소를 지으며 그렇게 말해주었다.

"……알겠습니다. 오늘이 정말로 운이 좋은 날이 될 수 있도록 최선을 다할게요. 시실리."

"네!"

"그럼 순서대로 설명할게. 우선……."

그렇게 나는 시실리에게 되도록 알기 쉽게 전달되도록 주의하며 치료 방법을 알려주었다.

몇 번이고 실패하고 이따금 내가 시범을 보이기도 하며 치료를 계속한 결과.

"……재검사 결과 이상한 부분이 사라졌어요. 오래 걸려 죄송했어요."

시실리는 지친 기색이 진하게 나타났지만, 힘겨운 미소를 지으며 환자에게 그렇게 말했다.

간신히 치료에 성공했다.

"······정말이네요. 지금까지 몸이 좋지 않았던 게 싹 사라졌어요!"

"다행이에요······."

몸이 좋아져 기뻐하는 환자와 무사히 치료한 사실에 안도하는 시실리.

어쨌든 시실리가 이 병의 치료 방법을 배우게 되어 다행이다.

그러나 나는 환자에게도 전해야 하는 일이 있었다.

"무사히 치유되어 다행이에요. 하지만······ 이 병은 재발할 우려가 있어요. 만약 앞으로 또 몸이 안 좋아지면 참지 말고 바로 치료원에 와주세요."

"그, 그런가요?"

"네. 그래도 지금 실감하셨겠지만 충분히 치료할 수 있어요. 다만 너무 참다가 병이 진행된 경우에는 어떻게 될지······."

"알겠습니다! 몸이 나빠지면 바로 올게요!"

"그렇게 하세요. 그럼 몸조리 잘하세요."

"건강 주의하세요."

"네! 정말로 감사합니다."

환자에게 못을 박아두고 집으로 돌려보냈다.

그제야 시실리는 아까와는 다르게 숨을 크게 내쉬었다.

"하아······ 무사히 치료할 수 있어서 다행이에요······."

"그래. 하지만 이번 한 번으로는 안심할 수 없으니까 비슷한 환자 몇 명을 더 발견하면 치료해보자."

"네. 알겠어요."

"하지만 방금 치료로 지쳤을 거야. 그 병을 가진 환자가 나타날 때까지는 내가 보고 있을 테니까 한동안 쉬고 있어."

"네? 하…… 하지만……."

"괜찮아. 그리고 슬슬 실버가 점심 먹을 시간 아니야?"

"아! 그러네요! 죄송해요, 신 군. 실버를 돌봐주러 다녀올 게요."

시실리는 그렇게 말한 뒤 게이트를 열고 집으로 돌아갔다.

아이를 돌보는 일을 휴식이라고 할 수 있을까?

하지만 그렇게 말하지 않으면 책임감이 강한 시실리는 쉬지 않았겠지.

앞으로도 특훈을 계속할 테니 충분히 휴식해서 기력을 보충했으면 한다.

뭐, 실버와 놀아주면 바로 기력을 회복하겠지만.

그리고 나는 시실리를 대신해 진찰과 치료를 했다.

진찰실에 들어온 환자 중 남자 환자들의 노골적으로 실망한 표정은 오랫동안 잊지 못할 것이다.

나라서 미안하게 됐네.

엘스에서 아론 씨의 의뢰를 받은 지 3개월.

아론 씨에게서 비행정이 완성됐다는 연락이 왔다.

결국 하늘을 나는 배라는 의미로 그 탈 것은 『비행정』으로 부르게 됐다.

내가 그린 설계도도 배에 날개를 붙인 느낌이긴 했지.

어쨌든 완성됐으니 마법을 부여해달라는 연락이 와서 우리는 다시 모두 모여 엘스로 갔다.

그리고 약간의 게스트도 있었다.

엘스가 마련해준 게이트를 연결하기 위한 건물에서 밖으로 나오니 아론 씨와 샤오린 씨, 리판 씨가 기다리고 있었다.

"오, 잘 왔대이…… 으헉?!"

아론 씨는 우리가 나오자마자 환한 미소로 맞이해주었지만 우리와 함께 있던 깜짝 게스트의 얼굴을 본 순간 미소가 절망으로 바뀌었다.

그야…… 그렇겠지.

"애송이, 너 뭐니? 사람을 보고 그런 태도는 아니지. 혼쭐나고 싶니?"

아론 씨의 태도에 불만을 늘어놓은 사람은 할머니였다.

그보다 혼쭐이라니…….

"아! 아닙니다! 살짝 예상 밖이었달까 놀랐을 뿐이었달까……."

"흠, 그러니? 나한테는 만나고 싶지 않은 상대를 만나 절망한 것처럼 보였는데."

"무, 무슨 소리를 그렇게 하십니까! 존경하는 스승님입니다이! 오시는 것을 알았으면 환영할 준비를 했을 텐데 하고 후회하는 얼굴입니대이!"

필사적으로 변명하는 아론 씨와 그런 아론 씨를 차가운 눈으로 바라보는 할머니.

여기엔 엘스의 신분이 높은 사람도 있었는데, 그 모두가 두 사람의 대화를 숨죽이고 지켜보았다.

어? 이 긴장감은 뭐지?

"흥. 됐다. 그보다 애송이, 이번에 또 신에게서 상당한 물건을 발주했다고 하더라?"

"그…… 그건…… 그러니까……."

그렇다.

아론 씨가 하늘을 나는 탈 것을 만들어달라고 부탁한 사실을 할머니에게 이야기하니 아론 씨와 한번 대화를 해야겠다며 따라왔다.

그때, 할머니의 차가운 시선을 받으며 식은땀을 흘리던 아론 씨를 감싸주는 사람이 나타났다.

"기다려주세요! 아론 대통령은 제 부탁을 들어주기 위해 이번 일을 의뢰하셨어요! 잘못은 제게 있습니다!"

줄곧 상황을 지켜보던 샤오린 씨가 아론 씨 앞으로 나와 고개를 깊숙이 숙였다.

샤오린 씨와 리판 씨가 엘스에 온 지 벌써 9개월이 지났다.

할아버지와 할머니에 관해서는 이미 알고 있을 것이다.

딱딱하게 긴장한 것을 알 수 있었다.

어쩌면 아론 씨에게서 할머니의 무서움을 들었을지도…….

그런 할머니는 샤오린 씨를 가만히 바라보았다.

한동안 그 상태를 유지한 뒤— 이윽고 할머니는 한숨을 내쉬며 샤오린 씨에게 말을 걸었다.

"아가씨…… 샤오린……이라고 했던가?"

"아, 네!"

"이야기는 들었다. 고개를 들렴."

"네?"

"사정은 파악했다고 말했다. 그리고 딱히 화를 내기 위해 온 게 아니야."

"그…… 그런가요?"

"모르겠니? 오늘 신 일행이 여기에 온 게 무엇을 위해서지?"

"그…… 그건, 비행정이 완성됐기 때문이에요."

"그래. 완성됐으니 온 거야."

"……아."

할머니의 말에 샤오린 씨가 깨달았다는 표정을 했다.

"이제 알겠니?"

"……무슨 말씀입니까? 설교하러 오신 거 아닙니까?"

……아론 씨는 모르는 듯하다.

"하아…… 이 바보 제자를 어떻게 하나…… 알겠니? 나는 네가 이번에 신에게 비행정 제작을 의뢰한 사실을 알고 있었다."

"그건 뭐, 할머니와 손자 관계이니 알고 계시는 게 당연하죠."

"아직도 모르겠니? 그 비행정이 완성될 때까지, 내가 한 마디라도 참견한 적이 있니?"

"그건…… 아."

"이제야 깨달았다니…… 그래. 나는 딱히 이번 일로 화가 난 게 아니야. 오히려 곤경에 빠진 샤오린을 구하려 한 것은 잘한 일이라고 생각한다."

"스승님……."

아론 씨가 할머니의 자상한 말을 듣고서 감동한 듯한 얼굴이다.

……당근과 채찍?

그렇다. 할머니는 이번 비행정 제작 이야기를 설계 단계부터 알고 있었다.

알고서 내버려 두었다.

운용에 많은 제약을 걸어두었기 때문이기도 하지만, 아론 씨가 사업의 목적이었긴 하지만 사람을 구하려 한 사실을 기뻐했기 때문이다.

그리고 이번에 그 비행정이 완성됐으니 보러 온 것이다.

뭐, 사실 그것만은 아니지만.

"언제까지 그러고 있을 거냐, 아론. 슬슬 안내 부탁하마."

"어라, 아저씨도 계셨습니까?"

"……계속 있었다."

오, 처음이네. 할아버지의 엘스 사투리 억양은.

그나저나 할아버지가 온 줄도 몰랐다니.

할머니가 어지간히 무서웠나 보네.

……할아버지의 존재감이 옅기 때문은 아니겠지?

할아버지의 말을 계기로 아론 씨는 우리를 비행정 제작 현장으로 안내해주었다.

현장은 높은 가림막으로 가려져 있어 안쪽을 볼 수 없게 되어 있었다.

그 칸막이 안으로 들어가자…….

"오오……."

선체 부분의 크기는 대형 버스 정도일까?

그 선체에 커다란 날개가 양쪽으로 뻗어 있었다.

지금까지 본 적 없는 형태의 탈것에 다들 말없이 바라만 보았다.

그런 상황에서 분위기 파악 못 하는 사람이 있었다.

"오!"

시실리에게 안긴 실버는 그 커다란 탈 것을 보고 활기차게 소리쳤다.

"어떠냐, 실버. 이 아저씨가 만든 배, 굉장하지?"

"갱장해! 아저히— 갱장해!"

"하하하! 굉장하지!"

실버가 굉장하다고 말하자 만족스러운 듯하다.

아론 씨는 할머니의 제자로, 돌아가신 할머니의 아들 슬레인 씨와 친구였다고 한다.

그래서 나도 사제라기보다 조카로서 대해준다.

당연히 아들인 실버도 마찬가지로 가족처럼 대한다.

그나저나 실버는 남자라서인지 탈 것에 흥미진진해 보이네.

문득 주위를 보자 얼티밋 매지션즈 멤버 중에 여자들은 어이없어할 뿐이지만 남자들은 눈빛부터 달랐다.

어린아이처럼 반짝였다.

특히 본가가 공방인 마크는 「오! 굉장함다!」 하고 말하며 비행정의 곳곳을 살폈다.

"어떠냐, 신 군? 주문대로 만들었제?"

"네. 이거라면 괜찮을 것 같네요."

"근디 무조건 튼튼하게 만들어달라고 했는데, 정말 그래도 괜찮았던 기가?"

"네. 어차피 마법으로 하늘을 억지로 날게 하는 거니까 부력을 고려하지 않아도 될 거예요."

"부…… 뭐라고?"

"네? 아…… 배를 만들 때 물의 저항을 줄이는 구조로 만들잖아요?"

"그야 당연하재."

"공기도 마찬가지예요."

"아. 그래서 배 같은 형태로 만들어달라고 했구나."

"저도 자세히는 모르지만요. 그래서 튼튼히 만들어달라고 부탁드렸어요."

"그래."

"자 그럼, 마법을 부여해야 하는데……."

나는 그렇게 말한 뒤 할머니를 살짝 보았다.

"그래라. 여기서 하렴. 어차피 네가 뭘 하는 건지 봐도 모를 테니까."

"응. 알았어."

할머니의 허가를 받았으니 나는 배 전체에 『부유』를.

공기의 분사구에 『공기 분사』를 부여했다.

주익과 미익의 보조익은 조종간의 조작으로 움직이니 마법 부여할 필요가 없다.

두 군데에만 부여하는 것이니 순식간에 부여가 끝났다.

그것을 본 아론 씨가 침음을 흘렸다.

"여전히 뭘 하는 건지 전혀 모르겠대이."

한자니까.

모르는 사람이 보면 문양으로만 보일 것이다.

"……."

샤오린 씨도 조용히 보고 있고.

아, 그것보다.

"아론 씨. 부여도 끝났으니 시운전해볼까요?"

"오! 물론 그래야제!"

아론 씨는 그렇게 말한 뒤 비행정의 문을 열려 했는데…….

"응? 어라? 이게! 뭐여?! 무슨 일이여?! 안 열린대이!"

문을 열지 못하고 문을 향해 투덜거렸다.

비행정의 문은 하늘 높은 곳을 날아야 하니 기압 차로 문이 날아가지 않도록 튼튼히 만들어 열고 닫을 때도 특수한 절차를 밟지 않으면 열리지 않도록 만들었으니까.

설계할 때 설명했는데 기억 못 하시는 걸까?

결국 기술자가 문을 열어준 뒤에야 우리는 안으로 들어갈 수 있었다.

"됐대이! 그럼 일단 내부터 운전을……."

"대통령님, 잠시 기다려주십시오."

"와?"

문을 열어준 기술자가 들어가자마자 조종석으로 가려는 아론 씨를 말렸다.

"조종사는 저희가 선발해뒀습니다. 하지만 그 조종사도 아직 어떻게 해야 좋을지 모릅니다. 그러니 우선 조종은 이 비행정을 개발한 월포드 님께 부탁드리고 싶습니다."

그 말을 들은 아론 씨는 노골적으로 실망한 표정을 했다.

부유 마법을 기동한 비행정은 천천히 상승했다.

이윽고 그 높이는 주위를 둘러싼 가림막을 넘어서 엘스의 수도에 있는 사람들 앞에 모습을 드러냈다.

두꺼운 유리가 설치된 창으로 시민들의 경악한 얼굴이 보였다.

넋 놓고 바라보는 사람, 허둥대는 사람 등 다양했다.

비행정은 계속해서 상승했고, 결국 시민들이 점처럼 작아졌을 때 이번에는 자동차에서 말하는 사이드 브레이크 위치에 있는 레버에 마력을 보냈다.

그러자 날개에 달린 마도구에서 공기가 분사되어 비행정이 전진하기 시작했다.

"오오! 이거 굉장하네! 산이 저렇게 아래에 보인대이!"

아론 씨는 창문으로 아래를 내려다보며 크게 흥분했다.

엘스의 높으신 분은 놀란 나머지 말도 나오지 않는 모양인데.

그리고 우리 얼티밋 매지션즈 인원들은……

"흠. 바람의 저항이 없는 건 쾌적해서 좋네."

"그러게~. 옷으로 저항을 줄였다지만 계속 바람을 맞으면 답답하니까~."

마리아와 유리가 맨몸으로 날았을 때와는 다르게 쾌적하다고 말하자 다른 여성들도 찬성했다.

그것을 본 마크가 반론했다.

"아니, 무슨 말임까 마리아 양, 유리 양. 바람을 느낄 수 있으니 좋은 거잖습까."

그런 마크의 주장에 이번엔 남자들이 찬성.

뭐랄까 별것 아닌 일로 다툼이 벌어졌다.

"야. 뒤에서 싸우지 마."

지금은 조종에 집중해야 해서 앞을 보며 그렇게 말하니 마리아가 바로 항의했다.

"하지만! 이왕 이동하는 거라면 당연히 쾌적하게 가는 편이 좋잖아!"

그건 그렇지만 맨몸으로 하늘을 나는 것도, 비공정으로 하늘을 나는 것도 모두 매력이 있으니 그렇게 토론할 필요가 없을 텐데.

여기에는 엘스의 높은 분들도 있는데 팀원들이 한심한 말다툼을 벌이고 있답니다.

어떻게 할지 고민하고 있으니 실버를 안은 시실리가 조종석으로 다가왔다.

"아빠."

"응? 왜 그래?"

시실리의 품에서 나를 향해 실버가 손을 뻗었지만 지금은 조종하고 있기에 얼굴을 돌려 대답만 했다.

그러자 시실리가 곤란한 표정을 했다.

"다들 다투기 시작하니 실버가 무서워해서…… 아빠 곁에 있으면 괜찮을까 해서요."

그 말을 듣고 실버를 보니 눈을 동그랗게 뜨고 멍하니 나를 보고 있었다.

"역시. 아빠하고 같이 있으니 진정됐네요."

시실리는 그렇게 말하며 부드럽게 미소 지었다.

아~ 뭐랄까, 이런 거 좋네.

부부라는 느낌이 들어.

기분이 좋아진 나는 조종간과 추진용 레버에서 손을 떼고 실버를 받아들어 내 무릎 위에 앉혔다.

참고로 조종간에서 손을 떼면 부유 마법은 끊기지만 이미 어느 정도의 추진력을 얻었으니 바로 떨어지지는 않는다.

내 무릎 위에 앉은 실버는 앞 유리 너머로 다가오는 경치를 바라보았다.

"오~."

"실버, 잠깐 여기 잡아봐."

"응!"

나는 실버의 손을 이끌고 조종간을 쥐여 주었다.

"시실리, 저기 앉아서 벨트 매."

"네? 아, 네."

그리고 미소 지으며 나와 실버의 행동을 지켜보던 시실리를 빈자리에 앉히고서 준비된 안전벨트를 매게 했다.

그리고.

"실버, 이걸 휙 돌려봐."

"응? 휙!"

나와 실버는 조종간을 오른쪽으로 힘껏 돌렸다.

그러자 비행정은 오른쪽으로 90도 기울어졌다.

『으아아앗!』

다들 뒤집어졌겠지.

다수의 비명이 들렸다.

"이제 좀 그만해. 실버가 무서워하잖아."

"아니지! 지금 게 더 무섭잖아!"

앨리스가 그렇게 소리쳤기에 나는 무릎 위의 실버를 보았다.

"갱장해! 아빠— 휙! 갱장해!"

응. 최고로 즐거운 모양이네.

"안 무서워하는데?"

"어째서?!"

실버가 스스로 조종간을 조작했으니까. 내가 보조해주긴 했지만.

자신이 비행정을 움직인 것이 기뻤겠지.

"으~ 으~."

지금도 내 손 아래서 필사적으로 조종간을 움직이려고 애를 쓴다.

그렇지…….

"일단 조작 테스트도 해둘까. 흔들릴 테니 다들 뭔가 붙잡거나 의자에 앉아 벨트 매."

"신 군, 응석을 너무 받아주는 거 아니야?!"

"그렇다니까요. 아빠도 참, 실버가 좋아하는 일이라면 뭐든지 한다니까요."

앨리스의 외침에 시실리가 곤란한 듯이 대답했다.

어라?

뭔가 남편이 아이 응석을 너무 받아줘서 곤란해 하는 부인 같네.

……뭐, 틀린 것도 아닌가.

"뭐? 그렇지 않아. 실버가 즐거워하는 것을 해주는 것뿐이라고."

"그게 응석을 너무 받아준다는 거 아니야?"

"그렇다니까, 마리아. 저번에도 하늘을 산책한다면서……."

그렇게 시실리가 폭로한 일에 할머니가 끼어들었다.

"신! 그런 짓까지 했니?!"

"어? 역시 그러면 안 되는 거였어?"

"당연하지! 만약 떨어뜨리면 어쩌려고!"

"괜찮아. 벨트로 꽉 고정했으니까."

"그런 문제가 아니잖니. 정말이지 너는!"

그런가?

포대기 같은 것을 만들어서 나와 실버를 단단히 고정했으니 아무런 문제없는데.

그리고 실버는 이렇게 하늘을 나는 것을 정말 좋아하는 모양이고.

지금도 앞 유리에서 시선을 떼지 못하잖아.

"하아…… 실버가 놀라지 않은 건 너 때문이었군."

"뭐랄까…… 굉장한 아이로 자랄 것 같네요……."

오그와 올리비아가 그렇게 말했다.

올리비아도 곧 마크와 결혼할 테니 아이에게 관심이 있는 걸까?

그런 생각을 하고 있으니 실버가 간절한 눈으로 나를 올려다보았다.

"아빠……."

아, 조종간이 마음대로 움직이지 않으니 답답해졌군.

어쩔 수 없지.

"그럼 선회 테스트를 할 테니 꽉 붙잡아."

나는 뒤에 있는 모두에게 그렇게 말한 뒤 실버에게 말을 걸었다.

"그럼 실버— 아까와는 다르게 살짝 움직여보자."

"아으?"

"간다."

"응!"

실버는 처음에 한 말에는 고개를 갸웃했지만 내 신호에는 확실히 대답했다.

이런, 너무 귀엽잖아.

"귀여워……."

옆에서 시실리도 실버의 귀여움에 당한 모양이다.

"부부는 닮는다더니……."

뒤에서 린의 목소리가 들렸지만 실버의 귀여움 앞에선 모두가 이렇게 될 거잖아?

그렇게 생각하며 조종간을 왼쪽으로 살짝 꺾었다.

그러자 날개에 달린 보조익이 움직이며 비행정이 왼쪽으로 기울어져 선회했다.

"응. 제대로 움직이네. 그럼 이번엔 반대쪽."

"응!"

이번엔 조종간을 오른쪽으로 돌리자 비행정도 오른쪽으로 선회했다.

"문제없네. 남은 건 강도 문제지만 그건 일정 거리를 날지 않으면 모르겠지."

"그럼 알스하이드까지 날아가는 건 어때?"

"그래. 그럼 그렇게 해볼까."

그렇게 알스하이드까지 시험 비행하기로 했다.

도중에 구 마인령의 상공을 날며 재건 중인 도시가 보였다.

너무 작아서 자세한 부분까지는 보이지 않았지만 서서히 재건을 진행 중인 모양이었다.

새롭게 이주하고 싶다는 희망자도 많은 모양이니 뭐랄까 제대로 나아가고 있다는 느낌이 들었다.

비행정은 이윽고 구 마도 상공에 들어섰다.

이곳은 아직 손을 대지 않은 상태였다.

우리가 슈트룸과 마지막으로 싸운 제국성이 반쯤 무너진 채로 남아 있었다.

그 한쪽에는…… 실버의 친어머니인 밀리아를 묻은 묘가 있다.

나는 복잡한 마음으로 실버를 보았다.

당연히 그 일을 기억하지 못하는 실버는 마도와 제도에 흥미를 보이지 않았고, 오랜 비행에 질렸는지 꾸벅꾸벅 졸고 있었다.

그게 어쩐지 슬펐다.

"신 군. 실버는 제가 맡을게요."

"어? 아, 응."

복잡한 마음으로 실버를 바라보니 시실리가 말을 걸었다.

잠이 들려던 실버를 시실리가 안아 올리고서.

그리고는 꼭 안아주었다.

"……엄마."

"네…… 엄마 여기 있어요."

"으므……."

실버는 그렇게 말한 뒤 곤히 잠이 들었다.

잠자는 실버를 보는 시실리는 나와 마찬가지로 복잡한 표정을 하고 있었다.

"신 군……."

"응?"

"언젠가…… 실버에게 사실을 말할 건가요?"

"……."

시실리가 말한 것.

그것은 실버의 친부모가 인류의 적이었던 마인이라는 것.

그것을…… 알린다고?

"……아니. 실버한테는 일반적으로 알려진 이야기를 할게."

"네……."

그 말을 끝으로 시실리는 입을 다물었다.

실버의 친부모가 누구인지, 우리는 안다.

그러나 그 이야기를 하면 실버가 괴로워할 것이 분명하다.

그렇게 되지 않았으면 한다.

그것은 시실리도 마찬가지일 것이다.

하지만.

"적어도 실버를 데리고 밀리아의 성묘만이라도 하고 싶네……."

내가 그렇게 말하자 시실리는 놀란 표정을 했다.

"그러네요. 적어도 그 정도는……."

다행이라고 해야 할지 구 마도가 있는 곳은 알스하이드에게 할당 됐다.

이건 오그…… 아니, 디스 아저씨와 상담해봐야 할까.

구 마도령을 지나 알스하이드 왕도 상공에 도달했을 때, 나는 그런 생각을 했다.

알스하이드 상공까지 온 뒤, 유턴해서 아론 씨에게 조종을 맡겼다.

거기서 알게 된 것은 조종간에 마력을 보내 부력을 얻으면 추진 레버에 마력을 보내는 조작을 동시에 할 수 없다는 점이었다.

아론 씨 말로는 한쪽에 마력을 보내면 다른 쪽이 끊긴다고.

이건 상당히 숙련된 마법사가 아니면 조종할 수 없을 것이라며 분한 듯이 말했다.

우리는 이렇게 보여도 알스하이드 최고의 마법 학원을 졸업했으니 다들 마도구를 동시에 몇 개는 기동할 수 있다.

함께 탄 조종사에게도 조작을 맡겨봤지만 부유와 전진을 번갈아 가며 할 수밖에 없는 탓에 선체가 파도치듯 앞으로 나아가 타고 있던 모두가 멀미했다.

결국 조종사는 두 사람이 필요하다고 결론짓고 조종사 선발에서 탈락했던 사람들에게 말을 걸기로 했다.

엘스로 돌아가 원래 있던 곳에 착륙한 뒤, 아론 씨와 조종사의 이야기를 듣던 나는 어떤 제안을 하려고 했다.

"그럼 마어흑!"

"마어흑? 신 군, 뭔 말인가?"

"아, 아니에요……."

내가 제안하려 하자 옆구리를 힘껏 얻어맞았다.

덕분에 이상한 녀석이 됐잖아.

충격이 온 쪽을 노려보자 엄청나게 화가 나있는 할머니가 노려보고 있었다.

곧바로 눈을 돌렸다.

그랬더니 할머니가 귀를 당겨 사람이 없는 곳으로 끌고 갔다.

"아야야! 잠깐, 할머니, 아파!"

내 항의를 무시하고 성큼성큼 나아가는 할머니.

이윽고 대화가 들리지 않을 정도로 떨어진 곳에 도착해서야 할머니는 귀를 놓아주었다.

"무슨 짓이야, 할머……."

"시끄러워! 너 지금 마석을 사용하면 된다고 말하려던 것 아니니?"

"그런데……."

"역시나. 잘 들어라. 네가 마석의 생성 방법을 발견한 것으로 확실히 마석 유통이 늘었어. 하지만 마석이 아직 희귀한 물건임은 변함이 없어."

"그건 알고 있는데……."

"아니, 너는 몰라. 확실히 네 말대로 마석을 사용하면 혼자서도 그 비행정을 조종할 수 있을 거다. 하지만 마석의 효과가 떨어지면 어쩔 거니?"

"그럼 예비 마석을 사용하면……."

"그만한 마석을 확보할 수 없다면 어떻게 할 건데?"

"……어? 아직도 그런 정도야?"

내가 그렇게 말하자 할머니는 깊은 한숨을 쉬었다.

"너는 직접 마석을 만들 수 있으니 모르겠지. 지금의 상황은 전보다 마석이 유통되는 빈도가 늘었을 뿐, 시장에 나오면 바로 팔려버린다."

"그래?"

"그만큼 마도구사들이 마석을 바라고 있다는 뜻이야. 그리고 그건 하늘을 나는 거잖니. 예비 마석을 손에 넣을 수 없었다 해도 교역을 위해 날 수밖에 없는 상황이 왔다고 생각해보렴. 그런데 예비 마석이 없을 때 마석 효과가 떨어진다면?"

"추락……."

"그런 높이에서 떨어지면 끝이야. 탑승자 전원 사망이지."

그 말을 듣고서 나는 등줄기가 오싹해졌다.

확실히 그건 교역을 위한 탈 것이다.

동력을 마석으로 보완할 경우, 마석이 준비되기 전에 출항하는 일도 충분히 있을 수 있다.

이익을 위해서.

그렇게 되면 할머니의 말대로 최악의 사태가 일어나리라는 것도 충분히 예상된다.

하아…… 아무리 지나도 나는 상식이 부족하네.

눈앞의 문제를 해결하는 것만 생각했다.

"일단 그 비행정은 사람이 더 필요하다 해도 사람의 힘으로 날게 하는 편이 좋을 거다. 상황이 상황이다 보니 급하게 만들었지만, 앞으로 더 개량하면 돼."

"……응. 알았어. 할머니, 고마워."

"됐다. 손자의 실수를 고쳐주는 것이 할머니의 역할이니까."

할머니에게 고맙다고 말하니 왠지 부끄러워하네.

그러고 보니 전에 할아버지가 한 말이지만 할머니는 칭찬을 받아도 솔직하게 받아들이지 못하는 면이 있다니까.

츤데레인가?

츤데레 할머니…….

수요가 있기는 한가?

그건 그렇고 할머니의 설교도 끝났으니 모두가 있는 곳으로 돌아갔다.

그때 할머니에게 신경 쓰이던 점을 물었다.

"저기, 할머니. 할머니는 비행정 제작을 반대하는 거 아니지?"

"그래. 쿠완롱이라는 곳과 교역하는 것 이외에는 사용하지 않겠다고 공식 문서로 남겼으니 그건 반대하지 않아."

"그럼 왜 따라온 거야? 비행정을 보고 싶어서?"

"그것도 있지만……."

할머니는 그렇게 말한 뒤 아론 씨를 보았다.

"한 마디, 못을 박아두려고."

"응?"

"어른의 얘기다. 자— 실버가 의아한 표정으로 여길 보잖니. 빨리 가주렴."

"아, 응."

그리고 나는 할머니에게서 해방되어 시실리와 실버에게로 돌아갔다.

그랬더니 실버가 나를 향해 손을 뻗었다.

내가 시실리에게서 실버를 받자 손이 빈 시실리가 말을 걸었다.

"할머님께서 무슨 이야기를 하셨나요?"

"응? 비행정의 동력으로 마석을 사용하면 어떨까 제안하려 했던 걸 막고서 그 이유를 이야기해줬어."

"그랬군요."

"역시 할머니는 굉장해. 나보다 훨씬 미래를 보는…… 앗! 아야야!"

시실리와 이야기하고 있으니 갑자기 귀가 아팠다.

안아준 실버가 내 귀를 당긴 것이다.

"아! 안돼요, 실버! 아빠의 귀를 당기면 안 돼요!"

"으?"

시실리가 다급히 내게서 실버를 떨어뜨려 놓았지만, 실버는 알 수 없다는 얼굴로 어떤 인물을 가리켰다.

"할마니."

거기엔 아론 씨와 둘이서 이야기를 나누는 할머니가 있었다.

할머니를 따라 한 건가!

하아…… 할머니를 너무 따르게 됐다니까.

"안돼요. 실버도 누가 귀를 당기면 싫잖아요?"

시실리가 그렇게 말하며 실버의 귀를 가볍게 당겼다.

그러나 가벼운 탓에 스킨십이라고 생각한 실버는 예상과는 다르게 즐거워했다.

"꺅! 어휴— 장난꾸러기!"

기뻐하던 실버가 이번엔 시실리에게도 손을 뻗었다.

그것이 간지러웠는지 시실리는 짧은 비명을 지른 뒤 실버의 눈을 보며 혼내주었다.

훈훈하네.

그때 누군가의 목소리가 들렸다.

"저, 저기, 신 님……."

"응? 무슨 일이시죠? 샤오린 씨."

"가족끼리 단란할 때 죄송해요. 실은…… 잠깐 여쭙고 있은 게 있어서……."

"뭔데요?"

"방금 마법 부여 말인데요……."

"아…… 죄송하지만 일단은 비밀로 하고 있으니 자세한 이야기는……."

"아, 그, 그러시군요. 그럼 어쩔 수 없네요."

"죄송합니다."

"아니요."

샤오린 씨는 그렇게 말한 뒤 얌전히 물러났다.

"뭐지? 나는 마도구를 만들어달라고 부탁하려나 싶었는데."

"의외로 간단히 물러났네요."

"응. 무슨 일이었을까?"

"글쎄요……."

시실리와 알 수 없어 하자 실버가 항의했다.

"엄마— 맘마."

벌써 점심인가.

배가 고파진 실버가 밥 달라고 보챘다.

나도 배가 고프니 우선 첫 비행은 이쯤에서 마무리할까.

조종 자체는 간단하니 이제는 조종사의 수를 늘려 시험 비행을 반복하게 하자.

그렇게 생각하며 모두에게 말을 걸었다.

◆

"아론, 잠깐 괜찮니?"

"네? 무슨 일이신데요, 스승님."

신과 헤어진 멜리다는 나라의 중진들과 조종사의 재선발과 시험 운전에 관련해 협의하던 아론에게 말을 걸었다.

"급한 이야기를 하던 건 아니었니?"

"이제 막 끝난 참이니 괜찮습니다. 무슨 일이신데요?"

"잠깐 이쪽으로."

"네……."

아론은 멜리다가 부르자 움찔거리며 그 뒤를 따랐다.

예전에도 이렇게 설교를 받으러 자주 불려갔던 탓에 원치 않아도 그 기억이 떠올랐다.

그리고 조금 걸어간 뒤에 발을 멈추고 아론을 돌아보는 멜리다.

그 모습을 본 아론은 딱딱하게 자세를 고쳤다.

멜리다는 긴장한 아론을 보며 쓴웃음을 떠올렸다.

"그렇게 긴장할 것 없다. 뭐라고 하려고 온 게 아니니까."

"그, 그러십니까……."

안도한 나머지 아론의 입에서 한숨이 흘러나왔다.

"비행정을 만든 건 너희의 이익을 위해서겠지만. 그게 결과적으로 저 샤오린이라는 아이를 구하는 일이잖니. 뭐라고 할 생각 없다."

"가, 감사합니다."

지금까지 멜리다에게서 칭찬을 받아본 적이 거의 없었던 아론은 감동이 벅차올라 약간 눈물이 나올 것만 같았다.

"그리고 저 아이의 언니를 치유하기 위해 시실리한테까지 말을 걸었다면서? 앞으로의 관계를 돈독히 하기 위해서겠지만 사람을 구하는 결단을 내릴 수 있게 됐구나."

"그야…… 이미 오랫동안 대통령을 맡고 있으니 그쯤은……."

"예전의 너를 알고 있는 사람으로서 그것만으로도 감회가 새롭구나."

"어, 얼간이……."

"하지만 오늘은 그런 말을 하러 온 게 아니다."

"네?"

칭찬받아 감동하던 아론의 나오려던 눈물이 단번에 쏙 들어갔다.

"단단히 일러두려고."

"일러둬요?"

"만약 이번 이야기가 엘스의 이익만을 위한 거였다면 반대했을 거다. 하지만 사람을 구하는 일이 엮여 있으면 반대할 수 없지."

"그건…… 스승님이시라면 그리 말씀하실 줄 알았습니대이."

"너는 나와 함께 있던 시간이 제법 오래됐으니까. 그런 점은 잘 알고 있겠지."

"예."

"하지만 다른 사람들은?"

"……."

멜리다의 질문에 아론은 답할 수 없었다.

"이번에 신은 하늘을 나는 탈 것이라는 상상 속에서만 존재할 법한 물건을 간단히 만들었다."

"그, 네요."

"그런 상상 속의 탈 것이 만들어지면 그 외에도…… 하고 생각하는 녀석들이 생길 것 같지 않니? 특히 이익을 추구하는 너희 엘스 상인이라면."

"그건…… 없다고 부정할 수는 없겠네요……."

"그렇겠지. 그러니 단단히 일러두러 왔다. 신이 자신의 의지로 개발한 물건이라면 어쩔 수 없지. 나도 반쯤 포기했다."

"……스승님이요?"

"그 아이에게 무슨 말을 해도 소용없다는 건 잘 알고 있어. 그 아이는 자신이 원하는 물건을 스스로 만드는 것뿐이니까. 그것이 얼마나 세상의 상식에서 벗어났는지를 생각하기 전에 말이야."

"참말로 상식이 부족하네요……."

"그러게다…… 학원에서 대체 뭘 배웠는지 따지고 싶을 정도야. 이미 만들었지만 세상에 낼 수 없는 물건도 잔뜩 있고."

"네?!"

멜리다의 말에 아론이 흥미를 보였지만 날카롭게 노려보자 얌전해졌다.

"세상에 내보낼 수 없다고 했잖니. 말할 수 없다. 말하면 다양한 곳에서 혼란이 벌어질 거야."

"거 참…… 스승님도 고생이십니대이……."

"그러게……."

아론의 위로에 멜리다는 깊은 한숨과 함께 그렇게 답했다.

"신은 그런 아이야. 어떤 물건을 만들어달라면 간단히 만들 거다. 그리고 그게 끝나면 또 다음이겠지."

"그 미래는 쉽게 상상이 되네요."

"그래서 이렇게 찾아온 거다. 이번엔 너와 샤오린이 우리 쪽 전하 일행과 계속 협의한 끝에 신에게 의뢰한 거겠지?"

"맞습니다."

"앞으로 신에게 의뢰할 때는 그런 단계를 반드시 밟을 것. 상인 개인이 신과 거래하려 하면 내가 용서하지 않을 거야."

"……."

"뭐. 말은 이렇게 해도 나는 그저 신의 할머니야. 원래는 그런 걸 강제할 입장이 아니고 권한도 없다는 건 알고 있어. 하지만 신은 내 손자다. 참견할 거야."

"예……."

"만약 불만이라면 자객이든 뭐든 보내렴. 다만 각오는 해 둬야 할 거야."

멜리다는 그렇게 말하며 아론에게 미소를 보였다.

"전부 없애줄 테니까."

그런 멜리다의 얼굴에 떠오른 것은, 살벌한 미소.

그 얼굴을 본 아론은 몸속 깊은 곳까지 떨렸다.

지금은 일반적으로 영웅이라고 한다면 신을 포함한 얼티 밋 매지션즈를 말한다.

그러나 과거의 영웅이라지만 멜리다 또한 현역이다.

아론은 그 사실을 다시금 깨달았다.

"처…… . 철저히 관리하겠습니다…… ."

그렇게 대답하는 것이 고작이었다.

그런 아론의 대답에 만족했는지 멜리다는 평범한 미소를 떠올렸다.

"부탁한다."

그 얼굴을 본 아론은 그제야 안도의 숨을 내쉬었다.

그리고 안도한 탓인지 그만 농담을 하고 말았다.

"그나저나 진짜로 손자밖에 모르시네요."

"뭐야?!"

"힉!"

아론은 그렇게 말하고서 곧바로 후회했다.

이런, 아직 말해도 될 타이밍이 아니었구나 하고.

아론은 어떤 험한 소리가 날아들지 단단히 각오했지만 의외로 멜리다는 그런 말을 하지 않았다.

"흥. 굳이 말하자면 지금은 『증손주』밖에 모르지. 그 아이…… 실버는 착하고 귀여운…… 내 보물이니까."

오히려 신, 시실리 부부와 놀고 있는 실버를 바라보며 무척이나 자상한 표정을 했다.

그 표정을 본 아론은 뜻밖이라는 생각을 금할 수 없었다.

"스승님의 그런 얼굴을 처음 봤습니데이. 신 군에게도 그렇고 그 녀석…… 슬레인에게도 엄격하게 하셨으니까요."

그런 아론의 말에 순간 쓸쓸한 표정을 보인 멜리다는 이

내 표정을 지웠다.

"신은 물론 그 아이에게도 갓난아이 시절에는 자상하게 대해줬다. 네가 모르는 것뿐이지."

"뭐, 그건 그렇겠네요."

"그러니까 실버는 신처럼 상식을 모르는 아이가 아니라 평범하게 키우고 싶구나. 하지만 그 아이처럼 되지 않도록 스스로를 지킬 수단을 알려주고 싶어. 그게 지금의 나에게는 첫 번째 목표다."

"······알겠습니다."

신의 귀를 당기다 시실리에게 혼나는 실버를 아론과 멜리다 두 사람이 복잡한 심경으로 바라보았다.

멀린은 줄곧 곁에 있었지만 줄곧 공기 취급이었다.

◆

『리판, 알아차렸어?』

『네─, 아가씨.』

샤오린은 일행과 떨어진 곳에서 쿠완룽의 언어로 리판에게 말을 걸었다.

리판도 다른 사람에게 들려주고 싶지 않은 이야기라는 것을 바로 깨닫고는 같은 언어로 답했다.

그런 리판의 예상대로 샤오린이 꺼낸 이야기는 다른 사람이 들으면 조금 곤란한 내용이었다.

『신 님이 사용한 부여 문자. 그건…….』

방금 신이 비행정에 마법을 부여할 때 사용한 문자.

그것을 본 샤오린과 리판의 눈이 휘둥그레졌었다.

어째서 그 문자를 알고 있는지.

꼭 물어보고 싶었지만 부여 마법 자체를 비밀이라고 말하니 더는 물을 수가 없었다.

그래도 어떻게든 물어보고 싶었다.

그 이유는…….

『그건…… 우리나라에서는 이제 아무도 사용하는 사람이 없는 고대 문자와 닮았어. 그런데 어째서 서쪽 나라의 신 님이 사용하는 건지…….』

『그건 모르겠습니다만 지금도 고대 문자가 부여된 마도구는 지금 것보다 훨씬 성능이 좋습니다.』

『그래. 어떻게든 그 비밀을 알고 싶은데…….』

샤오린은 그렇게 말하며 실버와 놀아주는 신을 보았다.

『솔직하게 비밀을 알려줄까……?』

『……글쎄요.』

그 속삭임은 리판 이외에는 아무도 듣지 못했다.

가자! 동방 세계로

제3장

엘스에서 완성한 비행정의 시운전을 마친 며칠 후, 우리는 다시 엘스에 왔다.

쿠완롱으로 떠나기 위해서였다.

비행정에 타는 것은 엘스 상인들과 교역에 필요한 통화의 환율을 정하기 위한 공무원과 국교를 맺기 위한 공무원이었는데 그중에 아는 사람이 있었다.

"아, 마왕님, 오랜만에 뵙습니다."

"네. 오랜만이네요, 나바르 씨."

그렇다. 전에 3국 회담 때 만났던 나바르 씨였다.

나는 회담 후 가벼운 태도가 강하게 인상에 남았었는데, 이전에도 엘스의 대표로서 3국 회담에 참가할 정도의 엘리트다.

이번에 엘스와 쿠완롱의 국교를 맺기 위한 사자로서 당연한 듯이 선택됐다.

"그나저나 또 굉장한 걸 만드셨군요."

"뭐, 의뢰를 받았으니까요."

"정말…… 직접 교섭할 수 없는 게 아쉽습니다."

"네?"

"아, 아무것도 아닙니다! 그나저나 얼티밋 매지션즈 여러분 전원이 동행하시는 건 조금 의외로군요."

"뭐, 그렇기는 한데……."

이번에 쿠완롱에 가는 목적은 국교 수립과 교역. 그리고 샤오린 씨의 언니를 치료하기 위해서다.

그렇다면 원래 시실리와 만약의 사태를 위해 나와 엘스에서 준비한 호위만으로 충분할 텐데 얼티밋 매지션즈 멤버 전원도 이 비행정에 탑승했다.

"조금 신경 쓰이는 점이 있어서요."

"신경 쓰이는 점…… 말씀입니까?"

"네. 걱정만으로 끝나면 문제없겠지만요."

"그렇군요."

나바르 씨의 질문에 나는 살짝 애매하게 답했다.

어디까지나 추측일 뿐이라 문제가 없으면 다행이지만, 아무래도 문제가 생길 것만 같았다.

문제의 그 법령 공표 이후 이제 곧 2년이 흐른다.

아무리 생각해봐도 그 걱정이 머리에서 떨어지지 않았다.

"뭐, 저희는 경호의 일부라고 생각해주세요."

"정말 굉장한 경호로군요……."

나바르 씨를 포함한 사절단은 「든든합니다」 하고 말하며 긴장하지 않은 듯 보였다.

하긴 딱히 적국에 쳐들어가는 것도 아니니까.

지금까지 국교가 없었던 나라와 국교를 맺기 위해 가는 것이니 위험할 리가 없다.

……그렇게 생각한다.

과연 어떻게 될까?

뭐, 엘스의 상인들이 정보 수집을 게을리할 것 같지는 않다.

샤오린 씨와 리판 씨에게서 충분히 이야기를 들었겠지.

그렇기에 이렇게 여유로운 거겠지.

그나저나 지금부터 하늘을 날 예정인데 그쪽 공포심은 없는 걸까?

전생에서는 비행기를 싫어하는 사람도 제법 있었는데.

"아, 정말 기대되는군요. 시운전에 참가한 이후로 다시 이 비행정에 타기를 기대했습니다."

"저는 불러주지 않았어요. 다른 분들의 자랑이 부러울 따름이었죠."

"정말 굉장합니다. 인생관이 달라져요."

뭐랄까 그런 대화를 나눈다.

높은 곳에서 떨어지는 공포보다 하늘을 나는 호기심이 더 강한 느낌이다.

보통은 그런가?

참고로 조종사는 결국 두 사람이 한 팀이 되어 조종하게 됐다고 한다.

여기에 교대 요원을 포함해 네 사람의 조종사가 탑승했다.

이거라면 만약 조종사에게 무슨 일이 생겨도 추락하지 않을 것이다.

그러는 동안, 출발 시간이 됐다.

이번에도 아무도 자리에 앉지 않았고, 우리 이외의 사절단은 창가에 모여들었다.

우리는 하늘을 나는 일에 익숙해졌어도, 다른 사람들은 아니니까.

"그럼 출발하겠습니다."

조종사의 그 말이 있은 후, 비행정이 천천히 상승했다.

저번에 탔던 사람도 이번이 처음인 사람도 다들 감탄했다.

이윽고 엘스의 수도가 디오라마처럼 작아졌을 때 수평 이동을 시작.

거기서 함성이 터졌다.

"이것 참, 마치 어린아이로군."

들뜬 엘스 사절단을 본 오그가 한숨을 쉬었다.

"어쩔 수 없겠죠. 하늘을 나는 경험은 쉽게 할 수 없으니까요."

"소인들도 신 님의 힘이 없었더라면 하늘을 날 수 없었을 테니 말이오."

토르의 말이 맞겠지만, 아무리 그래도 너무 들뜬 것 같았다.

역시 엘스 사람은 감정 표현이 확실한 것 같다.

"그런데 쿠완롱까지는 얼마나 걸려?"

들뜬 사절단 사람들을 보고 있으니 마리아가 그렇게 물었다.

그렇게 물어도 말이지.

처음 가보는 나라니까 뭐라고 말하기 어렵다.

그렇게 생각하고 샤오린 씨를 봤지만 마찬가지로 고개를 저었다.

"죄송해요. 걸어서 1년이 걸린 건 분명하지만, 사막이었으니까요. 그렇지 않으면 더 빨리 도착했을지도 몰라요. 그리고 이 비행정이 어떤 속도로 날지도 몰라서……."

그야 그렇겠지.

사막은 일반적인 평원과 비교해 걷기 힘들 테니 시간이 걸리는 게 당연하다.

거리도 알 수 없고 이 비행정에는 속도계가 없다.

사실은 비행정의 속도계를 어떻게 만들어야 좋을지 알 수 없었을 뿐이지만.

그나저나 걸어서 1년이 걸리는 사막이라니…….

평범한 사람은 절대로 답파할 수 없겠네.

이공간 수납으로 식량을 대량으로 넣어둘 수 있고, 마법으로 물을 만들 수 있기에 가능한 일이다.

그럴 수 없는 사람에게 이 사막은 정말로 세계의 끝이겠지.

이렇게 넓은 사막은 대체 언제 생긴 걸까?

역사 수업에서도 전부터 있었다고만 배웠고.

어느덧 비행정은 엘스의 동쪽에 있는 산맥에 접어들었다.

그리고 그 위를 간단히 지나갔다.

"오오…… 저 산맥을 이렇게 간단히……."

"……저희는 이 산맥을 넘는 데까지 한 달 가까이 걸렸는데요……."

사절단 사람들의 감탄을 들은 샤오린 씨의 말에는 약간의 자조적인 느낌이 있었다.

자신이 목숨을 걸고 넘은 것을 이렇게 간단히 넘었으니 그렇게 말하고 싶은 심정도 이해는 된다.

그렇게 산맥을 넘어 보인 것은 지평선 끝까지 펼쳐진 대사막이었다.

"흠. 사막 지대지만 사구가 아니었구나."

사막 지대를 본 나는 무심코 그런 말을 했다.

"사구? 그게 뭔가요?"

그 말을 들은 시실리가 내게 물었다.

"음, 뭐랄까 해변의 모래사장처럼 고운 모래가 언덕처럼 쌓인 느낌이 아닐까 했거든."

"아, 그래서 사구로군요."

"응."

"그런 사막도 있기는 하지만 이 정도로 규모가 큰 것은 없지."

시실리와 대화를 나누자 오그가 대화에 끼어들었다.

"정말?"

"그래. 이 사막은 유사 이래 줄곧 있었으니까. 언제, 어떤 이유로 이런 대지가 됐는지는 아무도 모르지."

"그렇구나."

"수상쩍은 소문이라면 있지만."

거기에 토니도 참여했다.

"어떤 소문?"

"오래된 문명이 있어서, 그 전쟁의 흔적이라든가."

"오래된 문명?"

"고도의 마도구를 제작할 수 있었다고 해. 그 마도구의 결말이 오래된 문명의 붕괴와 이 사막 지대라 하더라고."

"어? 하지만 그런 이야기는 수업에 나오지 않았잖아?"

그런 이야기는 처음 듣는데?

내가 의아해 하자 마크도 황당해 하며 대화에 참여했다.

"당연함다. 고도의 마도구를 다루는 문명이라면 가십거리잖슴까. 그보다 토니 씨도 그런 책을 읽으시는 줄은 몰랐슴다."

"그런 이야기를 은근히 좋아하거든."

"하지만 지나치게 발달된 마도구로 세계가 멸망하다니……."

마크를 따라왔는지 올리비아가 불안한 표정을 했다.

어째서지?

"월포드 군, 부탁이니 그런 물건은 만들지 말아주세요."

"만들 리가 없잖아."

"정말인가요?! 저는 지금도 가끔 꿈에 나와요! 그때……

월포드 군이 슈투름에게 마지막으로 사용한 마법!"

"아…… 그거 참 미안하네."

"정말임. 올리비아는 가끔 밤중에 깜짝 놀라며 깨어나는 일이 있습다."

"……마크의 수면을 방해해서 미안하다."

"잠깐! 마크! 그런 말을 하면……."

"아."

평소의 두 사람을 상상하게 하는 대화에 올리비아의 얼굴이 새빨개졌다.

마크는 의도하지 않았겠지만.

이제 곧 결혼할 테고 여전히 사이가 좋아 보여 다행이다.

"저, 저기…… 그, 그런 게 아니에요!"

그런데도 올리비아는 얼굴이 새빨개져서는 필사적으로 변명하려 했다.

어째서?

"뭐 어때? 이제 곧 결혼할 사이인데. 이미 함께 살고 있어?"

"아니에요! 가끔 마크의 집에서 잤을 때…… 아……."

또 자폭했군.

머리에서 증기가 나올 정도로 새빨개진 채 고개를 숙인다.

"뭐 어때. 마크와 올리비아가 그런 관계라는 건 다들 알고 있잖아?"

"그— 그건 그렇지만!"

"그리고 우리도 함께 자는 걸?"

"시— 신 군!"

"……아."

이런. 올리비아가 자신의 발언을 너무 부끄러워해서 신경 쓸 것 없다고 해주려다 우리에 대해서도 이야기했다.

"저기…… 그…… 미안."

"정말……."

우리의 일을 들킨 시실리도 얼굴이 새빨개졌다.

우와…… 이런 걸 들키면 엄청 부끄럽네.

나도 얼굴이 붉어진 것을 느끼며 모두를 보자 여성진들이 노려보고 있었다.

"제길…… 이 커플들이……."

"그런 이야기는 기혼자만 있을 때 했으면 좋겠는걸."

"부럽다~."

"나는 됐음. 마법을 쓸 수 없게 되면 곤란하니까."

마리아는 분노한 표정이었고, 앨리스는 불만 가득한 표정, 유리는 한숨을 쉬었다.

그런 상황에서 린의 말이 신경 쓰였다.

"마법을 쓸 수 없게 된다고?"

"월포드 군은 몰라? 여성은 임신 초기에 마법을 쓸 수 없게 돼."

"어? 그래?"

"아이에게도 마력이 전해지니까 마력이 불안정해져. 임신 후기의 안정기에 접어들면 다시 쓸 수 있게 돼."

"그랬구나."

몰랐다.

아.

"그래서 오그는 2세 계획을 기다려달라고 했구나."

"그렇긴 한데…… 그런 이야기를 다른 사람들 앞에서 하지 마라."

"어? 아……."

이런.

2세 계획이 있었던 것과 그것을 오그가 막은 것을 사람들 앞에서 말하고 말았다.

실수했다 싶어 시실리의 얼굴을 보니…….

"아으으……."

아까의 올리비아에게도 지지 않을 정도로 새빨개진 얼굴로 고개를 숙였다.

어이쿠…….

"그러니까! 그런 이야기는 딴 데서 하라니까!"

결국 마리아의 분노가 다시 폭발했다.

……미안.

그런 식으로 도중에 줄곧 실없는 이야기를 나누거나 사절단 사람들과 잡담을 나누었다.

그럴 수 있었던 것은 이쪽 세계에서 하늘을 날 수 있는 마물은 거의 없기 때문이다.

마물이란 동물이 마력을 지나치게 흡수해 제어할 수 없는 상황에 빠져 변화하는 것.

마력은 이 세계의 대기에 존재하는데, 인적이 드문 곳이나 공기가 정체된 곳에 고이기 쉬운 성질도 있다.

그런 곳에 오래 있으면 마력을 지나치게 받아들이게 된다.

그래서 마물은 사람이 별로 드나들지 않는 숲속 등에 많이 존재한다.

그러나 하늘을 자유롭게 오가는 조류는 한 곳에 오래 머무는 일이 그다지 없다.

따라서 하늘을 나는 마물은 많지 않다.

이쪽 세계는 드래곤도 없으니까.

그렇게 비행정이 하늘을 날아도 마물과 만나지 않으니 비행은 순조로울 따름.

잡담을 나누는 것 이외에는 할 일이 없다.

너무나도 한가해서 잠든 사람도 있고.

그렇게 얼마 동안 사막 지대를 날았지만, 여전히 끝이 보이지 않았다.

아침에 엘스를 출발했는데 벌써 해가 저물 것 같았다.

"죄송합니다. 야간 비행은 위험하니 어딘가 착륙하고 싶습니다만……."

지평선 너머로 태양이 저물고 있을 때 조종사 한 명이 그렇게 말했다.

진로 자체는 나침반을 따라 비행하고 있지만, 새까만 어둠 속에서는 만약의 사태가 벌어질 가능성도 있을 것이다.

그래서 어딘가에 착륙해 야영하자는 제안이었다.

그 의견에 반대할 리 없으니 비행정은 사막 한복판에 착륙했다.

"음~! 하아…… 어쩐지 오랜만에 단단한 지면을 밟았네."

대충 여덟 시간 정도 날았나?

계속 비행정 안에서 하늘을 날고 있었으니 지면이 주는 안심감이 상당했다.

하늘을 나는 일에는 익숙해졌을 테지만 이런 느낌이 드는 것은 어쩔 수 없다.

"어, 어라? 좀 어지러운데?"

"어쩐지 신기한 느낌이군요."

나바르 씨를 포함한 사절단 사람들도 처음 맛보는 감각에 당황했다.

"지금부터 텐트를 칠 테니 잠시 기다려주십시오."

다들 비틀거리는 와중에 엘스에서 온 호위 담당자들이 야영 준비에 들어갔다.

그들 중에 이공간 수납을 쓸 수 있는 마법사가 야영용 텐트를 계속해서 꺼냈다.

그것을 능숙하게 조립.

우리는 기본적으로 야영하지 않기에 마인령 공략 작전 때도 그렇고 이런 상황에서는 전혀 도움이 안 된다.

그냥 게이트를 열고 집으로 돌아가면 되니까.

그렇게 도움이 안 되는 우리는 그 방면의 프로인 호위 담당자들이 준비하는 광경을 그저 바라만 보았다.

그런데 그때 시실리가 조심스럽게 입을 열었다.

"저기…… 실버를 할머님께 맡긴 상태라 잠시만 돌아가고 싶은데요……."

"그러고 보니 그러네. 일단 집으로 돌아갈까."

"네!"

"오그, 미안한데 잠깐 집으로 돌아가서 실버 좀 보고 올게."

"알았다. 저녁 식사는 어떻게 할 거지?"

"일단 친목을 다지는 의미도 있으니까 이쪽에서 먹을게."

"그래."

그런 대화를 나눈 뒤— 나는 집으로 게이트를 열었다.

그러고 보니 샤오린 씨의 앞에서 게이트를 여는 건 처음이었지.

갑자기 나타난 게이트에 리판 씨와 마찬가지로 입을 떡하니 벌리고 있었다.

엘스 사절단 사람들은 그다지 놀라지 않았다.

오그의 게이트를 본 적이 있는 걸까?

그건 그렇고 실버가 걱정된 나와 시실리는 곧바로 게이트를 지났는데…….

"엄마! 아빠!"

도착하자마자 들린 것은 실버의 엄청난 울음소리였다.

"오오— 그래— 실버— 울지 말렴."

"아아…… 이걸 어떻게 해야……."

할머니와 할아버지가 필사적으로 달랬지만 효과가 없는지 전혀 울음을 그치지 않았다.

우리보다 할머니를 더 따른다고 생각했는데 이게 어떻게 된 일이지?

"자, 잠깐. 할머니, 무슨 일이야?!"

"무슨 일이 있었나요?!"

"아! 마침 잘 왔구나! 자— 실버야— 아빠하고 엄마란다!"

할머니에게 말을 걸자 어쩐 일인지 당황한 할머니가 확연하게 안도한 얼굴로 실버에게 말을 걸었다.

"으?"

울던 실버가 나와 시실리를 보았다.

그러자.

"엄마!"

그렇게 말하며 이쪽으로 손을 뻗는다.

실버의 말을 들은 시실리는 다급히 실버에게 달려갔다.

"네— 엄마예요. 왜 그러니?"

그렇게 말하며 할머니에게서 실버를 받아들자 실버는 시실리에게 찰싹 달라붙었다.

"으응……."

"왜 그러니? 실버."

"므."

간신히 울음을 멈췄지만 실버는 시실리의 가슴에 얼굴을 묻고는 칭얼거렸다.

"할머니, 무슨 일이 있었어?"

그렇게 묻자 할머니는 지금까지 본 적이 없을 정도로 피곤한 얼굴을 하고는 중얼거렸다.

"하아…… 정말, 큰일이었단다……."

그렇게 잔뜩 지친 할머니를 대신해서 할아버지가 대답해 주었다.

"여느 때라면 너희가 집에 있을 시간이 아니냐. 그 시간이 넘어도 너희가 돌아오지 않으니 실버가 쓸쓸해 한 게지."

"우리가 아무리 달래도 울음을 전혀 그치지 않았단다. 정말 큰일이었어."

"아. 그래서."

실버의 저 행동은 토라졌기 때문인가.

"실버야"

일단 실버의 기분을 살피기 위해 시실리에게 안긴 실버에게 말을 걸었다.

그러자 일단 내 얼굴을 봤지만…….

"흥."

하고 말하며 다시 시실리의 가슴에 얼굴을 묻는다.

"에이~ 왜 그렇게 화났어?"

"으~!"

시실리의 품에서 억지로 실버를 받아들자 지금껏 본적이 없을 정도로 뚱한 얼굴이었다.

그 모습이 재밌어서 그만 웃음이 나오고 말았다.

그것이 마음에 들지 않았는지 품에 안자 내 가슴을 투닥투닥 두드렸다.

"오— 왜 그래? 실버— 아프잖아."

"므!"

"아빠를 때리면 안 되지."

"으!"

시실리가 달래도 실버의 기분은 풀리지 않았다.

어떻게 할지 시실리와 얼굴을 마주 보자 할머니가 어떤 제안을 했다.

"미안하지만 실버도 데려가 주면 안 되겠니?"

""어?""

"이번엔 딱히 싸우러 가는 게 아니잖니. 아이 한 명 정도는 데려가도 괜찮지?"

"그런 의미로는 괜찮은데…… 일단은 나라의 정식 사절단인데? 아이를 데려가는 건 좀······."

"회담 같은 일에 참가하게 되면 다시 이쪽으로 돌아오면 되잖니. 이대로는 밥도 먹지 않을 것 같아서······."

"······."

할머니의 그 말에 나와 시실리는 얼굴을 마주 보았다.

"······어떻게 할까?"

"그렇게······ 물어도······."

아무리 그래도······ 우리는 이른바 국제회의에 참가하려는 일행이잖아?

거기에 자신의 아이가 울음을 멈추지 않는다는 이유로 데려가는 것은······.

"일단 한번 물어볼까?"

"그러네요."

"부탁하마."

정말 드물게도 할머니의 약한 목소리를 들었다.

아니, 처음 들었네.

할머니가 저렇게 말하게 하다니. 실버, 무서운 아이······!

그렇게 열어뒀던 게이트를 다시 지나 일행이 있는 곳으로 돌아갔다.

"다······ 다녀왔어."

"응? 돌아왔······ 실버?"

말을 걸자 제일 먼저 알아차린 오그가 말을 걸다가 내가 안고 있는 실버를 보고서 의아한 듯이 말했다.

"응!"

아는 형이 말을 거는 줄 알았는지 실버가 활기차게 대답했다.

"저기…… 돌아가니 실버가 크게 울고 있었는데…… 그 원인이 저기…… 저희가 없었기 때문이라고 해서……."

"……그래서 데려온 건가."

"할머니가 항복할 정도였거든. 여기서 돌봐달라고 하는데……."

"멜리다 님께서 항복을?! 그거 굉장하군……."

"국교 수립과 교역을 위한 사절단이잖아. 그래서 데려갈 수 없다고 말했는데 일단 물어봐달라고 해서."

"음…… 원래는 아이를 데리고 참가할 수는 없겠지만, 멜리다 님의 부탁이라니……."

항상 냉정하게 판단하는 오그가 곤란해 했다.

헐머니가 그렇게나 무서운가…….

"엘스 사절단 쪽에도 물어보지."

오그는 그렇게 말한 뒤 저녁 식사가 준비될 때까지 쉬고 있던 엘스 사절단 쪽으로 걸어갔다.

당연히 부탁하는 입장인 우리도 함께 갔다.

그리고 사절단의 단장이기도 한 나바르 씨에게 말을 걸었다.

"나바르 외교관, 잠시 괜찮을까?"

"무슨 일이십니까? 전하. 어? 마왕님과 성녀님도."

"아니— 실은……."

"오오! 그 아이가 그 유명한 『기적의 아이』입니까?"

실버는 엘스에서도 유명한 듯하다.

나바르 씨의 그 말에 다른 사절단 사람들도 모여들었다.

"호오…… 정말 귀엽군요."

"정말 귀엽네요. 이거, 앞으로 여자 꽤나 울리겠습니다."

"그래서, 하실 말씀이라는 것은?"

"……실은."

엘스 사람들이 실버를 칭찬하기에 살짝 만족스러워하고 있으니 오그가 사정을 설명했다.

역시 거절당하리라 생각했는데, 돌아온 대답은 의외의 것이었다.

"도사님의 부탁이라고요?! 그럼 당연히 받아들어야죠!"

"어라?"

이렇게 간단히 승낙한다고?

어라? 어째서?

"도사님이라면 영웅이시잖아요? 게다가 저희 대통령의 스승님. 그런 분의 부탁을 거절할 수는 없습니다!"

그런 건가.

할머니의 영향력은 참 대단하네.

하긴, 엘스 사람이라면 당연한 걸까?

민중에게 생활용 마도구를 퍼뜨린 사람이니 사업의 영웅

으로 존경하는 건지도.

그렇게 생각했는데.

"……대통령께서 자주 말씀하셨으니까요. 도사님만큼은
절대로 거역해선 안 된다고……."

……존경은커녕 공포의 대상이었다.

갑작스럽게 실버도 참가하게 된 이번 쿠완롱 방문.

지금은 도중에 야영 중인데, 처음 경험하는 야영에 실버가
어마어마하게 흥분했다.

"까르르!"

이제 곧 두 살이라 달리지는 못해도 아장아장 걸음마로
여기저기 돌아다니기에 잠시도 눈을 뗄 수 없었다.

특히 혼자서 모닥불 곁에 다가가게 놔둬서는 안 된다.

사절단 사람들도 도와주게 되어 쉬어야 할 야영인데도 전
혀 쉴 수 없었다.

"죄송합니다…… 편히 쉬셔야 할 때인데……."

너무나도 죄송할 따름이었다.

그러나 사절단 사람들은 신경 쓰지 말라고 말했다.

"도중에 몸을 움직이지 않고 가만히 있었으니까요. 적당한
운동이 되네요."

나바르 씨도 그렇게 웃으며 말했다.

그나저나…… 오그에게서 3국 회담 때는 꽤 무리한 요구
를 받았다고 들었는데, 회담 이후의 태도와 저 언동을 보면

그런 식으로는 보이지 않았다.

상인이니까 다양한 겉모습이 존재하는 걸까?

나바르 씨 일행과 이야기를 나누고 있으니 시실리가 야영지를 돌아다니던 실버를 붙잡았다.

"실버— 슬슬 목욕하러 가요."

"시러!"

"그럼 안돼요! 가요!"

"으으."

슬슬 목욕하고 잠들 시간인가.

평소라면 저녁을 먹은 뒤 목욕하고서 얼마 지나면 자연스럽게 잠이 든다.

목욕도 내가 들어가거나 시실리가 들어갈 때 함께 들어가는데— 지금까지 실버가 목욕하러 가자는 이야기를 거절한 적은 없었다.

오늘은 평소와 다르게 야영을 하는 신기한 상황이니 흥분이 가시지 않는 거겠지.

더 놀고 싶다며 시실리의 품에서 빠져나오려 버둥댔다.

"하하하— 귀여워라. 실버야— 언니하고 같이 들어갈래?"

평소라면 밤까지 실버와 함께 있지 않았던 앨리스가 함께 목욕하자고 말했다.

다른 여자들도 흥미진진해 보였다.

실버는 잠시 앨리스의 얼굴을 봤지만 지금까지 함께 목욕한 적 없는 사람과 목욕하는 것에 흥미가 생겼는지 고개를 끄덕였다.

"좋아— 그럼 오늘은 엄마 대신 이 마리아 누나가 씻겨줄게!"

"누나?"

"아줌마라고만 해봐!"

졸업식 때도 말했는데 부모의 친구는 아저씨와 아줌마가 되지 않나……?

실제로 오그는 아론 씨와 마찬가지로 아저씨라는 의미인 「아째」라고 불리니까.

왕태자를 아저씨라고 부른다니…….

아, 하지만 나도 디스 아저씨를 아저씨라고 부르잖아. 국왕님인데.

앞으로 실버도 나와 비슷하게 될까?

……아무렴 어때, 오그니까.

결국 여자들끼리 목욕하러 갔는지 야영용 목욕 텐트에 줄줄이 들어갔다.

그 후엔 남자들이 들어갈 예정이니 미리 한 번에 들어간다며 샤오린 씨도 동행했다.

당연히 리판 씨가 남았다.

"시끄럽게 굴어서 죄송해요."

"아니. 건강한 아이로군."

"하하. 너무 건강해서 탈이죠."

그러고 보니 리판 씨와 둘이서 대화하는 건 처음이네.

살짝 긴장된다.

그래서 일단 무난한 주제로 말을 걸어보았다.

"그러고 보니, 리판 씨는 결혼하셨나요?"

"아니. 나는 밍 가문에 거둬진 몸이다. 내 목숨은 밍 가문에 바쳤지. 결혼할 생각은 없다."

"그랬군요."

……

대…… 대화가 이어지지 않아…….

아, 하지만 샤오린 씨와 1년이나 함께 여행한 데다 그 후에도 줄곧 함께 있었잖아.

그런 관계가 아닌가?

"저기, 샤오린 씨와는……."

"그분은 내 주군이시다. 밍 가문에 거둬졌다고 했지만 실제로는 샤오린 아가씨께서 거둬주셨지. 그 보은을 하고 있을 뿐, 부정한 감정을 품지 않았다."

"부정하다니……."

뭐, 주인과 종자의 사랑이라면 여러모로 제약이 많을 것 같네.

주제로는 괜찮았던 것 같았는데.

"그런데 신 님."

"네?"

샤오린 씨와 리판 씨의 관계를 생각하고 있으니 갑자기 리판 씨가 말을 걸었다.

"잠시 묻고 싶은 게 있다만……."

"뭔데요?"

"그게……."

응? 리판 씨가 말끝을 흐린다.

무인 기질인 리판 씨는 비교적 직설적으로 말하는 사람이라고 생각했던 만큼 이렇게 말끝을 흐리는 모습이 신기하게 느껴졌다.

그렇게 묻기 어려운 일인가?

"……비밀이라고 했다만, 부여 마법에 대해서다."

"아……."

내가 비밀이라고 말했으니 말을 꺼내지 못했던 거구나.

그나저나 일부러 그 비밀을 알아내려는 것치고는 꽤 직설적으로 묻네.

보통은 먼저 살짝 떠보지 않나?

하지만 내 대답은 한 가지다.

"죄송하지만 그건 비밀이라서……."

"내가 묻고 싶은 건 부여 마법이 아니다."

"네?"

"사용한 문자에 대해서지."

"문자요? 그건 제가 만든 거라……."

"정말 그런가?"

"네?"

"그 문자는 정말로 신 님이 직접 만든 문자인지 물었다."

"어…… 그건…….."

"뭐야? 무슨 이야기를 하고 있어?"

내가 리판 씨의 질문에 당황하고 있을 때 오그가 대화에 끼어들었다.

사, 살았다…….

"왕태자님인가. 당신께도 묻고 싶군. 신 님이 다루는 마법 부여 문자에 아는 것이 있나?"

잠깐, 오그한테까지 그 질문을 하는 거야?!

리판 씨의 질문을 받은 오그는 무슨 말인지 알 수 없다는 듯이 미간을 찌푸리며 답했다.

"그 문자는 신이 독자적으로 개발한 문자지. 그래서 신만 의미를 이해할 수 있고 다른 사람은 쓸 수 없어."

그건 내가 지금까지 다른 사람에게 설명했던 내용 그대로다.

자신이 문자의 의미를 이해하고 있지 않으면 마법을 부여할 수 없다.

그리고 내가 독자적으로 만든 문자라서 다른 사람은 쓸 수 없다고 말했었다.

그러나 리판 씨는 이해해주지 않았다.

"그렇게 인식하는가……."

"……? 무슨 말이지?"

그런 리판 씨의 말에 오그가 물었다.

어?

어떻게 된 거지?

리판 씨는 뭔가 알고 있나?

호…… 혹시…… 이 사람도 전생을…….

오그의 질문에 답하지 않고 한동안 생각에 잠겼던 리판 씨는 이윽고 고개를 들고 오그를 보았다.

"이건 내가 말할 수 없다. 샤오린 아가씨께서 입욕을 마치시면 그때 이야기해보지."

"흠…… 신경 쓰이는데…… 뭐, 됐다. 이야기해줄 거지?"

"물론이다."

리판 씨는 그렇게 말한 뒤 나를 보며 말했다.

"그 문자는…… 위험한 것이니까."

여성진이 목욕을 마치고 나온 뒤, 우리도 목욕하러 들어갔다.

평소라면 시끄럽게 떠들며 들어갔겠지만 이후에 있을 일을 생각하면 마음이 무거웠다.

여성진과 교대로 목욕하러 들어갈 때, 리판 씨가 샤오린 씨에게 아까 일을 이야기해서 목욕을 마친 뒤에 그 이야기를 계속하기로 정했기 때문이다.

샤오린 씨는 리판 씨의 말을 들었을 때 조금 놀란 표정을 한 뒤 무언가를 결심한 얼굴로 나를 보았다.

그때 둘이서 이야기하던 말은 들을 수 없었는데, 아마도 그것이 쿠완롱의 말이겠지.

그래서 무슨 말이 어떻게 오갔는지도 알 수 없었다.

하아…… 대체 무슨 소리를 들을까?

어쩌면 리판 씨도 전생자인데 전생의 말을 사용하는 건 치사하다든가 비겁하다는 말을 듣게 되려나?

우울하지만 무기력하게 목욕만 해도 소용없는 일.

나는 마음을 굳힌 뒤 목욕을 마쳤다.

밖으로 나온 뒤 나와 오그, 리판 씨가 샤오린 씨를 불렀다.

그러자 대체 무슨 일인가 하고 다른 아이들까지 줄줄이 따라오고 말았다.

그중에는 시실리도 있었다.

"어라? 실버는?"

"이미 자고 있어요. 그보다 샤오린 씨와 리판 씨가 신 군에게 할 말이 있다고 들었는데요."

"샤오린 씨?"

"아, 죄, 죄송해요. 리판과 무슨 이야기를 했는지 여쭈어보셔서 신 님께 확인하고 싶은 게 있다고 말해버리는 바람에……."

"그랬군요."

"무슨 이야기인지 신경 쓰여서…… 저희도 들으면 안 되나요?"

하아…… 진짜야?

이거 혹시 모두의 앞에서 고백해야 하는 흐름이야?

어쩌지…….

그렇게 생각해 리판 씨를 보자 리판 씨는 팔짱을 낀 채로 표정의 변화도 없이 말했다.

"딱히 상관없다. 가능하면 모두의 의견도 듣고 싶으니."

퇴로가 막혔다.

모두의 앞에서 전생의 기억을 말하지 않으면 안 되는 흐름이다.

하아…… 이걸 말해버리면 어떻게 되는 걸까…….

다들 차가운 눈으로 바라보게 되려나?

……그건 좀 싫은데.

나의 그런 생각과는 다르게 이야기가 계속 진행되어 결국 여자들만이 아니라 남자들도 함께 샤오린 씨와 리판 씨의 이야기를 듣게 됐다.

모인 곳은 남성용 텐트.

꺼내둔 침대를 이공간에 넣고서 원형으로 앉았다.

참고로 만약을 위해 실버를 재운 침대도 이쪽 텐트로 옮겨졌다.

그렇게 모두가 앉은 뒤에 샤오린 씨가 입을 열었다.

"시간을 빼앗아서 죄송합니다. 실은 꼭 확인해둬야 할 일이 있어서요."

"······문자, 말인가요?"

"네. 그래요. 단도직입적으로 여쭐게요. 신 님, 그 문자는 신 님의 자작 문자라고 들었는데, 확실한가요?"

"네."

샤오린 씨의 질문에 나는 최후의 발버둥으로 거짓말을 했다.

"그래요······ 그렇다면 이해가 안 되는 점이 있어요."

"이해가 안 된다고?"

샤오린 씨의 말에 오그가 반응했다.

"네. 그 이유는 신 님께서 사용한 문자는······."

거기서 일단 말을 끊고서, 샤오린 씨는 나를 보았다.

"우리가 전에 본 적 있는 문자이기 때문이에요."

『어?!』

모두와 함께 나까지 소리치고 말았다.

어? 한자가 이쪽 세계에도 있어?

"잠깐, 그 문자는 신이 만든 것이 아닌가?"

"그······ 그럴 텐데······."

"그렇다면 어째서······."

"그래요. 그게 의문이에요."

오그가 추궁하려 하자 샤오린 씨가 말을 이었다.

어째서 책에도 실리지 않은 문자를 내가 아는 것이냐며.

이렇게 되니 나도 혼란에 빠졌다.

이런 우연이 있을 수 있나?

이 별은 지구가 아니다.

별자리가 다른 점을 봐서 확실하다.

별자리가 다르다면 설령 같은 우주라 해도 좌표가 다를 것이다.

확실히 이 별은 생태계가 지구와 흡사하다.

어쩌면 인간이 사는 별이라는 것은 비슷한 진화 과정을 더듬어가는 것인지도 모른다.

그러나 문화는 어떨까.

지구에서도 지역이 다른 것만으로 말과 문자가 다르다.

그것이 별 단위로 다른데 문자가 똑같다고?

그렇게 혼란에 빠진 내게 샤오린 씨가 계속해서 말했다.

"신 님께서 사용하신 문자는 지금은 사용되지 않아요. 고어라 불리는 것입니다."

"지금은 사용되지 않는다고?"

"네. 게다가 그것이 문자라는 것은 알고 있지만 무슨 뜻인지는 해명되지 않았어요."

그것이 한자라는 건가.

나는 그런 느낌을 받았을 뿐이지만 오그는 달랐다.

"뭐?! 해명되지 않았다고?!"

"야, 오그. 왜 그래?"

"왜 그러냐니! 알겠어? 우리나라에서도 오래된 말은 뉘앙스가 잘 전달되지 않으니 고어라고 불린다는 건 알고 있겠지?"

"아, 그거. 그걸 지금 이야기할 의미가 있나?"

"그런 이야기가 아니다. 지금은 사용되지 않은 고어라지만 무엇이 적혔는지는 알 수 있다. 어째서인지 알아?"

"그야 말이 갑자기 변할 리가 없으니까, 서서히 변하면 이전에 사용한 말의 의미 정도는 알 수 있겠지."

"그래. 하지만 해명되지 않았다는 말은……"

"아."

그런 뜻인가.

"역사가 이어지지 않았다는 뜻. 그러니까……"

오그는 그렇게 말하며 경악한 눈으로 샤오린 씨를 보았다.

"네. 오늘 여러분이 비행정 안에서 했던 이야기예요. 저희의 문명이 시작되기 전에 다른 문명이 있었던 것이 아닐까, 하는."

"설마……"

샤오린 씨의 말에 오그는 멍하니 중얼거렸다.

"이전 문명이…… 정말로 존재했나?!"

그 말에 팀 모두가 놀랐다.

설마 오늘 낮에 가십거리라고 생각하며 이야기했던 것이 사실일 줄은 꿈에도 몰랐다.

"우리나라에서는 이따금 상당히 오래된 유적이 발굴됩니다. 그건 아무리 봐도 우리가 아는 역사보다 오래된 시대의 것. 그리고 그런 유적 안에는……"

"말하지 않아도 알겠군. 그러니까, 그 고대의 유적에 신이 사용한 문자가 적혀 있다는 건가?"

"네."

그건 정말이지 충격적이다.

설마 그런 이야기일 줄은 전혀 몰랐다.

뭐랄까, 역사의 로망이 있는 이야기이기는 하다.

하지만.

"저기, 오그. 잃어버린 문명이 있었던 건지도 모른다는 건 알겠는데, 왜 그렇게 심각한 얼굴을 하는 거야?"

"너…… 오늘 했던 대화를 잊었나?"

"오늘 이야기?"

"……이 사막에 대해서다."

"사막……."

『아무래도 오래된 문명이 있어서 그 전쟁의 흔적이라든가.』

『오래된 문명?』

『고도의 마도구를 제작할 수 있었다고 해. 그 마도구의 결말이 오래된 문명의 붕괴와 이 사막 지대라더라고.』

"아."

"이제야 이해했나 보군."

"으…… 응."

샤오린 씨가 진지했던 이유, 그것은…….

"이전 문명은 고도의 마도구 제작 기술을 지니고 있었어요. 그건 이미 입증됐습니다."

"입증?"

"이걸 봐주세요."

샤오린 씨가 그렇게 말하며 품에서 꺼낸 물건.

그것은.

"……!"

나도 모르게 소리칠 뻔했지만 간신히 참았다.

왜냐하면 그것이.

총이었으니까.

"이건 무기예요. 1년이나 되는 긴 여정. 리판만으로는 대처할 수 없는 상황도 당연히 있었어요. 하지만 이것 덕분에 저는 위기를 모면할 수 있었습니다. 잠깐 따라와 주세요."

샤오린 씨는 그렇게 말한 뒤 자리에서 일어나 텐트에서 나갔다.

불침번을 선 호위 담당자들이 무슨 일인가 하고 이쪽을 보고 있었다.

"이건 이렇게 쓰는 물건입니다."

샤오린 씨는 신경 쓰지 않고 가까이에 있던 바위에 총구를 겨누고 방아쇠를 당겼다.

그러자 그 총구에서 레이저와 같은 것이 발사되어 바위를 관통했다.

그 광경에 호위 담당자들만이 아니라 모두가 깜짝 놀랐다.

"이렇게 적을 공격할 수 있어요. 그리고 이건……."

"유적에서 발견한 물건."

"그래요. 물론 이런 유적의 출토품은 고가이지만 생각보다 자주 출토돼요. 제가 손에 넣을 수 있을 정도로요."

다시 말해 이것은 양산품이라는 뜻이다.

그렇다면…….

"국가로 보면 당연히 있을 겁니다. 이 이상의 무기가. 그야말로……."

샤오린 씨는 그렇게 말하며 주위를 둘러보았다.

"이런 사막이 생겨날 정도로 강력한 무기가."

『…….』

침묵이 무겁다.

"처음 이야기로 돌아갈게요. 유적에서는 신 님께서 사용하시던 문자가 발견됐습니다. 그리고 아마 이 마도구에도 그것과 같은 문자가 쓰였을 겁니다."

그렇게 말한 샤오린 씨는 나를 가만히 보았다.

아, 여기까지 오면 무슨 말을 하고 싶은 건지 알 수 있다.

"그러니까 내가 그 병기를 만들 수 있지 않을까…… 물어보고 싶은 거지?"

"네. 본래의 임무와는 전혀 상관없는 이야기라 정말로 죄송하지만…… 알게 된 이상 반드시 확인하고 싶어요. 신 님, 당신은……."

잠시 말할지 말지 주저한 샤오린 씨는 결국 입을 열었다.

"이 세계를 없앨 정도의 병기를 만들 수 있나요?"

그렇게 말한 샤오린 씨의 말은 무척이나 심각했다.

나를 가만히 바라보는 샤오린 씨.

그 진지한 모습에 나는 눈을 피하지 않고 말했다.

"만들 수 있어요."

그렇게 말한 순간 샤오린 씨와 리판 씨만이 아니라 팀원 모두도 긴장한 것을 알 수 있었다.

"다…… 당신은……."

"하지만 만들지 않을 겁니다."

"……네?"

샤오린 씨가 뭔가 말하려고 했지만 나는 그것보다 먼저 그런 병기를 만들지 않겠다고 확실하게 말했다.

"그걸 만든다고 치고, 그러면 어쩔 거라는 거죠? 그런 마도구를 어디에 쓸 거라는 거죠?"

"그…… 그건…… 쿠완룽을 정복하러 온다거나 세계 정복을……."

그런 샤오린 씨의 말에 진심으로 황당해졌다.

"하아……."

"어? 한숨?"

"왜 다들 힘이 있으면 바로 세계 정복을 떠올리는 걸까요?"

"그…… 그건…… 으레 다들 그러니까……."

"전에도 이번에 동행하는 나바르 씨에게로 그런 말을 들었던 적이 있는데, 그렇게 귀찮은 일은 절대로 하지 않을 거예요."

"귀…… 귀찮은?!"

"당연하잖아요. 지금의 나는 시실리라는 최고의 아내가 있고, 실버라는 귀여운 아이가 있고, 할아버지 할머니가 있고, 얼티밋 매지션즈 친구들이 있고, 월포드 상회가 순조로워서 경제적으로도 만족하고 있어요. 대체 무슨 불만이 있겠어요?"

"이렇게 들어보니 신 님은 굉장한 리얼충이군요."

"쿠완롱에도 그런 말이 있나요?"

"있어요. 연인이 있거나 친구가 있거나 일이 순조로운 등 현실에 충실한 사람은 그렇지 않은 사람들에게 질투의 대상이 되니까요. 신 님이라면 궁극의 리얼충이잖아요! 부러워라!"

"샤오린 씨?!"

"저도…… 저도, 연인 한두 명쯤 있었으면 한다고요!"

"두 명은 곤란한 것 아닌가요…….."

"가문은 그럭저럭 돈이 있으니 이제는 연인뿐이라고요! 그런데 어째서 이러고 있는 걸까요?!"

"저야 모르죠! 좀 진정하세요!"

"앗!"

어쩐지 연인이라는 부분에서부터 갑자기 샤오린 씨가 폭주하기 시작했다.

여…… 역시 리판 씨는 연애 대상이 아닌 건가?

그렇게 생각해 리판 씨를 보니 조금 놀란 표정이긴 했지만 딱히 신경 쓰지 않는 듯했다.

음.

"어, 어쨌든 저는 세계 정복처럼 귀찮은 일은 하고 싶지도 않고 가족이 위험에 휘말리는 일도 할 생각이 없어요."

"그런가요."

"일단 이걸로 샤오린 씨가 우려하던 사태는 벌어지지 않는다고 이해해주시면 안될까요?"

"그러네요. 그렇게 받아들일 수밖에 없겠네요."

"믿어달라고 할 수밖에 없지만요."

이것만큼은 나를 믿어달라고 말할 수밖에 없다.

일단은 이유를 설명했으니 괜찮을 거라고 생각하지만.

"그럼 이걸로 이야기는 끝인가요?"

"아니요. 처음 이야기가 아직 끝나지 않았어요."

"……그러고 보니 그랬네요."

잊고 있었다.

도중부터 이전 문명이니 세계를 없앨 수 있는 무기가 어떻다는 이야기가 됐으니까.

"애초에 말이죠. 어째서 신 님께서 이전 문명의 문자를 알고 계신 거죠? 신 님이 사용하신 그 문자는 우연치고는 이전 문명의 문자와 너무나도 닮았어요."

"그건……."

이건 뭐라고 대답해야 하지?

애초에 나는 이쪽 세계에는 한자가 존재하지 않을 것이라 생각해 부여 마법에 한자를 사용했다.

실제로 쿠완롱에서 사용된 문자는 샤오린 씨가 부적을 보여줬을 때도 느꼈지만 정말로 초기 상형문자 같았다.

그런데 지금은 존재하지 않는 이전 문명에서 사용됐다는 말을 들어도 뭐라 대답할 수 없다.

"……솔직히 모르겠어요."

나도 상당히 혼란스러워서 일단은 지금 심정을 솔직히 말했다.

거짓말은 하지 않았다.

사실을 말하지 않았을 뿐.

"그걸로 제가 이해할 것 같나요?"

"그렇게 말하셔도, 제 머릿속에 떠올랐다는 말밖에 할 수 없어요."

……거짓말을 했다.

솔직히 좋은 기분은 아니다.

모두를 속이고 있으니까.

하지만 이것만큼은 솔직하게 말할 수 없다.

말하면 더 큰 혼란에 빠질 것이다.

……아니, 변명이겠군.

미움받고 싶지 않다.

그런 마음이 강했다.

한동안 침묵이 이어진 뒤, 그것을 깬 것은 의외의 인물이었다.

"혹시 그거 아닐까?"

"토니?"

침묵을 깨고 토니가 이야기했다.

"어쩌면 신에게는 전생의 기억이 있지 않을까?"

"……!"

정확하게 핵심을 찌른 말에 나는 말문이 막혔다.

어째서?

어떻게 그런 결론에 도달한 거지?

그런 내 혼란과는 별개로 토니는 말을 이었다.

"왜, 창신교의 가르침에도 있잖아. 선행을 쌓으면 신의 곁으로 인도되어 다시 인간으로 태어날 수 있다고."

"그렇지."

"그건 쿠완롱에서 유명한 종교에서도 같은 가르침입니다."

오그와 샤오린 씨가 토니의 말에 동의했다.

종교는 세계가 바뀌어도 대부분 같은 가르침을 주기 마련이지.

동의를 얻은 토니는 계속해서 말했다.

"응. 그러니까 신의 전생은 이전 문명 사람으로, 다시 태어났음에도 막연하게 그 기억이 남아 있는 것 아닐까?"

토니가 그렇게 말하자 주변이 다시 침묵에 감싸였다.

……분위기가 무거워.

한동안 그 분위기를 견디고 있으니 샤오린 씨가 한숨을 내쉬었다.

"솔직히 대체 무슨 말이냐고 되묻고 싶습니다만…… 어쩌면 그게 제일 정답에 가까울지도 모르겠네요."

"어?"

"잠시 주제에서 벗어나자면, 전생의 기억을 지닌 사람은 우리나라에도 일정 수 있습니다."

"그렇겠지. 우리나라에도 있어."

"어?"

나는 아까부터 얼빠진 소리만 하네.

하지만 예상 밖의 이야기뿐이었다고.

"지금까지 무슨 말도 안 되는 소리인가 싶었습니다만…… 그렇게 생각하면 이해가 되는 부분도 있네요."

"나도 마찬가지야. 이전 문명을 살았던 기억이 신의 마음 속 깊은 곳에 남아 있다면 신의 어마어마한 힘도 이해할 수 있어."

토니의 말에 어째서인지 모두가 이해하기 시작했다.

"그렇군. 그렇게 생각하면 신의 이상한 힘을 설명할 수 있……나?"

"저는 이해가 됩다! 월포드 군의 유연한 발상이 어디서 왔는지 항상 알 수 없었는데, 무의식에 전생의 기억이 새겨져 있으니 참신한 아이디어가 나오는 것 아닐까요?"

오그는 이해했는지 아닌지 알쏭달쏭한 느낌이었지만 마크는 이제야 이해가 됐다는 듯이 시원한 표정이었다.

"정말 그러네…… 어쩌면 신의 상식 밖의 행동도 이전 문명에서는 당연한 일이었을지도 몰라."

"무의식중에 그런 행동을 한다는 뜻~?"

"그때 사용한 마법을 보면 확실히 그렇게 믿을 수밖에 없네요."

마리아와 유리, 올리비아도 동의하기 시작했다.

"아! 어쩌면 그 옷을 떠올린 것도 그런 걸까?!"

"분명 그럴 듯. 그건 너무나도 참신."

앨리스와 린이 말하는 그 옷은 메이와 세트로 맞춰준 옷을 말하는 거겠지.

확실하게 아니지만 조용히 있자.

"그나저나 어째서 샤오린 님은 신 님이 고어를 사용한 것을 그렇게나 걱정하신 겁니까?"

"정말 그러하오. 방금 병기 이외에 뭔가 좋지 않은 것이라도 있소이까?"

다들 뭔가를 이해하기 시작한 상황에서 토르와 율리우스만큼은 샤오린 씨에게 관심이 있었다.

그러고 보니 그러네.

어째서 이렇게까지 확인했어야 한 거지?

그런 생각은 모두 마찬가지였는지 샤오린 씨를 바라보았다.

모두의 시선이 일제히 모이자 샤오린 씨는 살짝 압도된 듯 했지만 이내 맞서듯이 말했다.

"하지만…… 그냥 넘어갈 수는 없잖아요! 어쩌면……."

샤오린 씨는 잠시 말을 끊고서 다시 말을 이었다.

"어쩌면 신 님이 고어의 의미를 해설한 책을 읽으셨을지도 모르니까요!"

샤오린 씨는 그렇게 말한 뒤 입을 다물었다.

그런 샤오린 씨를 본 오그가 중얼거렸다.

"그렇군."

그리고 오그가 자신이 이해한 내용을 이야기했다.

"그러니까 만약 강력한 마도구를 만들 수 있는 고어를 알려주는 서적이 있다면 고어를 이용할 수 있는 인간이 늘어날 테니…… 과거의 비극이 되풀이되는 것을 걱정한 건가."

"……그 말씀이 맞아요."

그렇게 샤오린 씨가 힘겹게 말했다.

"어떤가요? 그런 서적이 정말로 없었나요?"

"그것에 대해서는 단언할 수 있어요. 없어요."

"그래요……."

샤오린 씨는 진심으로 안도한 듯이 한숨을 쉬었다.

내게 필사적으로 물었던 것은 그런 이유 때문이었나.

어쩌면 세계를 위험에 빠뜨릴 서적이 존재할지도 모른다고 걱정한 것이다.

그래서 이렇게 필사적이었던 거구나.

하지만.

"그나저나 방식이 상당히 강압적이지 않았나? 만약 신의 기분이 상했다면 어쩔 생각이었지?"

"네? 아……."

이봐요.

별생각이 없었던 거야?

뭐, 나도 켕기는 구석이 있으니 화나진 않았지만, 그것과는 별개로 뒷일을 너무 생각하지 않은 것 아니야?

"저…… 저기…… 죄송합니다!"

"으엇?!"

샤오린 씨는 오그의 말에 파르르 떤 뒤 갑자기 털썩 무릎을 꿇었다.

이쪽 세계에 온 뒤로 사과하며 무릎 꿇는 사람은 처음 봤다!

아니, 리판 씨까지!

"자, 잠깐! 그러지 마세요!"

"아니요! 뻔뻔하게도 언니를 도와달라고 부탁하고선 이렇게 의심한 점! 용서해주실 때까지 머리를 들 수 없습니다!"

"죄송했습니다!"

샤오린 씨와 리판 씨는 내가 아무리 말해도 일어서지 않았다.

아, 정말!

"알겠어요! 딱히 신경 쓰지 않으니까 그만 일어나세요!"

"정말인가요?! 정말로 이대로 언니를 치료해주실 건가요?!"

"그럴 거예요! 치료는 확실하게 할 테니까!"

하아…… 그제야 두 사람이 일어났다.

무릎을 꿇는다는 건 하는 쪽은 굴욕적인 사과 방법이겠지만, 사과를 받는 쪽도 꽤나 곤란하다.

사과를 강요하는 거나 마찬가지라고.

사람들 앞에서 그런 행동을 하게 했다는 것 자체가 미안한 데다, 이런 굴욕적인 행동으로 사과하는데 받아주지 않는다면 마음이 옹졸한 녀석으로 보인다.

샤오린 씨와 리판 씨가 일어나자 오그가 가벼운 태도로 말했다.

"그럼 두 분의 용건은 이걸로 끝인가?"

"아…… 네…… 죄송했습니다……."

"그럼 이만 쉬지. 내일도 계속 이동해야 해. 앉아 있을 뿐이라지만 피로는 쌓일 테니까."

오그는 그렇게 말한 뒤 텐트 쪽으로 걸어갔다.

"……그래. 두 분도 쉬세요. 그럼 이만."

나도 오그의 뒤를 쫓듯 텐트로 들어갔다.

그리고 내가 텐트로 들어온 뒤 바로 오그가 말을 걸었다.

"그 두 사람, 마음에 안 드는군."

"응?"

"지금까지는 사람을 돕는 일이라고 생각해 협력했지만……
아무래도 녀석들은 뭔가 숨기는 것 같다."

"……그건 나도 좀 느꼈어."

"이전 문명에 고어, 그리고 유적에서 출토된 마도구라……
그리고 고어를 알려주는 서적이 없다는 걸 알았을 때 안도
한 것이 신경 쓰여."

"혹시 뭔가 성가신 일이 벌어질까?"

"그건 모르겠군. 녀석들이 아무 말도 하지 않는 이상 그저
추론에 불과해."

"그건 그래."

"어쨌든 녀석들을 전면적으로 신용하는 건 위험하다. 항
상 무슨 일이 있어도 대응할 수 있도록 대비해둬."

"그래."

우리의 대화가 끝나자 다른 사람들도 돌아왔다.

어쨌든 리판 씨가 돌아오기 전에 오그와 이야기해두고 싶
었으니 이 이야기를 다른 아이들에게 전하는 것은 나중이다.

여성진에도 이야기해야 하고.

어쨌든 주의해두자.

그 후 실버는 여성진 텐트에서 재우기로 하고 그쪽에 침대
를 설치한 뒤 재웠다.

그때, 샤오린 씨가 리판 씨에게 뭔가 이야기하는 모습이
보였다.

내가 두 사람을 보고 있다는 것을 깨달은 샤오린 씨는 멋
쩍은 듯이 시선을 돌렸다.

아, 확실하네.

두 사람은 뭔가 숨기고 있다.

지금까지는 샤오린 씨가 놓인 상황을 동정했지만, 이렇게
된 이상 이전만큼 신용할 수는 없겠네.

정말로 무슨 일이 생기더라도 괜찮도록 대비해두자.

그렇게 다짐하고서, 잠이 들었다.

◆

신 일행이 텐트로 돌아가는 것을 지켜본 샤오린과 리판은
둘이서만 이야기를 나눴다.

용건은 방금 행동에 대한 리판의 사과였다.

『샤오린 아가씨, 죄송합니다.』

『하아…… 타이밍이 좋지 않았어.』

『……어떤 벌이라도 받겠습니다.』

『됐어. 감정적이 된 건 내 잘못인걸.』

『하지만…….』

『그리고 설마 신 님이 고어를 사용할 줄은 꿈에도 몰랐잖

아. 사고였어. 어쩔 수 없지.』

『……알겠습니다.』

『그나저나…….』

『왜 그러십니까?』

『이것저것 들켰네.』

『…….』

『뭐 됐어. 딱히 속인 건 아니잖아. 용의 가죽을 팔고 싶다
는 것과 언니의 치료를 부탁한다는 의뢰는 거짓이 아니니까.』

『거기에 놈들이 얽혀 있다 해도…… 말씀입니까?』

『아…….』

『네?』

이야기하는 도중 실버의 침대를 여성용 텐트로 옮기고 돌
아오는 신과 샤오린의 눈이 마주쳤다.

어두워서 표정까지는 알 수 없었지만 확실하게 이쪽을 보
고 있었다.

샤오린은 떳떳하지 못한 마음 탓에 인사도 하지 않고 그만
시선을 돌리고 말았다.

그리고 입술을 깨문 뒤 힘겹게 말했다.

『……아직은 추측에 불과해. 그러니 우리는 아무것도 몰랐
던 거야. 그렇지?』

『……그렇습니다, 아가씨.』

그리고 두 사람은 각각 텐트로 돌아갔다.

제4장 쿠완롱과 밍 가문

샤오린 씨에게서 식은땀 나는 추궁을 간신히 피한 다음 날. 우리는 다시 하늘의 주민이 되었다.

아침 식사 자리는 미묘한 분위기였다.

샤오린 씨 일행은 멋쩍은 듯이 이쪽을 보지 않았고, 오그는 두 사람을 살피는 시선으로 바라보았으니까.

어젯밤은 이번 인생에서 최대의 위기였어…….

토니가 내게 전생의 기억이 있지 않겠냐고 말했을 때는 심장이 멎는 줄 알았다.

그래도 어떻게든 적당히 오해해준 덕분에 잘 넘어간 것 같으니 다행으로 여기자.

그리고 모두에게 미움을 받는다는 이유가 아니어도 내가 전생의 기억을 지녔다는 사실은 역시 숨겨두는 편이 좋을 것이다.

전에 도달했던 유아기에 생사를 헤매다 생환하면 낮은 확률로 기억이 돌아온다는 가설은 절대로 알려져선 안 된다.

비인도적인 행동에 나설 놈들이 반드시 나타날 테니까.

다시금 그렇게 맹세하고 있을 때 나바르 씨가 다가왔다.

"마왕님, 어제 무슨 일 있었습니까? 어쩐지 저 두 사람과 미묘한 분위기인데요."

그렇구나. 어제는 제법 시끄러웠으니 나바르 씨 일행도 봤을 수 있겠네.

하지만 대화 내용까지는 듣지 못했나.

"좀 있었어요. 자세한 이야기는 좀……."

"그런가요. 내용을 알 수 없는 건 안타깝지만 괜한 참견은 그만두겠습니다."

"죄송해요."

"아니요."

아무래도 나바르 씨에게는 할머니의 위광이 충분히 통하는 모양이다.

그나저나 이 나이가 되어서도 할머니 그늘에서 벗어날 수 없네…….

그런 대화를 나누며 이동을 계속했는데네…… 샤오린 씨와 리판 씨는 우리와 거리를 두고 대화에 전혀 참여하지 않았다.

아무래도 어제 일로 상당히 어색해진 듯하다.

이따금 나와 시실리의 안색을 살피듯 힐끔힐끔 엿보는 것을 알 수 있었다.

시실리도 그 시선을 느꼈는지 가끔 내 쪽을 보며 쓴웃음을 지었다.

그렇게 걱정하지 않아도 사람의 목숨은 최우선이잖아.

이제 와서 그 약속을 취소할 정도로 무정한 사람은 아닌데.

그리고 샤오린 씨의 언니가 앓고 있는 것은 자궁의 병이다.

시실리는 실버의 부모가 되어 아이가 있는 행복을 크게 실감하고 있다.

아이가 생겼었다고 했으니 샤오린 씨의 언니에게는 남편이 있을 것이다.

그런데 아이를 포기해야 한다면 너무나도 괴로울 것이다.

그러니 최선을 다하고 싶다는 것은 거짓 없는 솔직한 마음이다.

아, 그러고 보니.

"샤오린 씨."

"앗! 니엣!"

갑자기 말을 건 탓인지 이상한 대답이 돌아왔다.

"……그렇게 경계하지 않아도 언니분은 꼭 치료할게요. 그게 아니라, 묻고 싶은 게 있는데요."

"아, 네. 무슨 일인가요?"

"샤오린 씨 언니의 남편은 어떤 사람인가요?"

"혀, 형부 말인가요?"

"네. 이번 일에는 딱히 관계가 없겠지만 조금 신경 쓰여서요."

"그러, 네요……."

그렇게 말한 샤오린 씨는 잠시 생각한 뒤 이야기했다.

"솔직히 형부는 조금 듬직하지 않은 사람이에요."

"그건 또…… 신랄한 말이네요."

"하지만 사실입니다. 언니가 쓰러졌을 때도 허둥댈 뿐, 치유 마법사를 찾을 생각도 못 했을 정도니까요."

"의외네요. 수완 좋은 상인인 언니분이라면 남편도 뛰어난 사람이어야 한다고 생각할 줄 알았어요."

"그런 건 스스로 할 테니 신경 쓰지 않는다고 했어요. 형부한테는 편안함을 바란다고 해서 실제로 연하인 데다 귀여운 느낌인 사람이니까요."

"그랬군요. 죄송해요, 개인적인 일을 물어서."

"아니요…… 저야말로 어제는 상당히 실례되는 말을 해서……."

"그건 이제 신경 쓰지 않으니까 괜찮아요. 그보다 아직 도착까지 멀었을까요?"

"네? 음……."

샤오린 씨는 그렇게 말하며 창밖을 보았다.

지금까지 나와 시실리의 안색을 살피기만 하느라 밖을 볼 여유도 없었던 건가.

어제 일을 상당히 신경 쓰네.

그렇게 밖을 본 샤오린 씨가 어떤 곳을 보며 「앗!」 하고 소리쳤다.

"저기! 사막 안에 있는 유적이에요! 저게 보인다는 건 이제 곧 도착할 거예요!"

"어? 유적?"

이제 곧 도착한다는 샤오린 씨의 말보다 유적이라는 말에 반응하고 말았다.

다른 아이들도 마찬가지인지 일제히 창밖을 내려다보았다.

그리고 발견했다.

"저게 유적이야? 뭔가 신기한 건물이네."

"여기서는 블록처럼 보이는군요. 상당히 높은 곳을 날고 있으니 실제로는 더 크겠지만요."

이전 문명의 유적을 처음 본 마리아와 토르가 그런 감상을 늘어놓았다.

그런 두 사람에게 샤오린 씨가 설명했다.

"커요. 다만 신기하게도 저 건물은 이음새가 없습니다. 마치 커다란 돌을 도려내 만든 것처럼요."

"흠."

린도 흥미로운 듯이 대답했지만 나는 흥미를 느낄 새가 없었다.

그 이유는.

'이음새가 없다고? 마치 콘크리트 같잖아……'

한자…… 총…… 콘크리트.

그것이 시사하는 것.

'지구의 문명?!'

아래로 보이는 유적이 아무리 봐도 콘크리트로 만든 빌딩으로만 보였다.

그런 빌딩을 보며 나는 어떤 생각이 머리에서 떨어지지 않았다.

그것은······.

'설마····· 이전 문명에 전생의 기억을 되찾은 사람이 있었나? 그리고 그 녀석은····· 나와 마시타와는 다르게 전혀 자중하지 않고 문명을 퍼트린 건가?'

그렇게밖에 생각할 수 없었다.

마도구에 부여된 문자를 실제로 본 것은 아니라서 어느 나라 사람인지는 알 수 없다.

어쩌면 중국이나 대만, 홍콩일 가능성도 있다.

내가 지금 떠오르는 한자를 사용하는 문화권의 나라는 그 정도다.

어쨌거나 이것은 확실하게 존재한다.

그리고 그 가능성에 도달했을 때, 오싹해졌다.

이 유적 안에는 마도구가 잠들어 있다.

아래 보이는 빌딩과 샤오린 씨가 지닌 마도구를 보면, 내가 살았던 시대와 동등한 수준의 문명의 것이다.

그리고 마도구는 아직도 쓸 수 있는 것이 나온다.

만약 그중에 대량 살상 병기라도 발견된다면······.

"이거····· 본격적으로 위험한 일이 벌어질지도······."

우리는 샤오린 씨의 언니를 치유하는 것이 최우선이건만 그 외의 일이 불안해지기만 했다.

"여러분, 앞에 마을이 보입니다! 도착했습니다, 쿠완롱에!"

함께 유적을 바라보고 있으니 조종사가 큰 목소리로 알려 주었다.

창밖을 보니 서서히 사막 지대가 끝나고 초원 지대가 펼쳐지며 목조로 보이는 집이 군데군데 보였다.

"아! 사막 지대의 경계에 있는 마을이에요! 도착했어! 도착했어요! 굉장해…… 고작 이틀 만에 도착하다니!"

마을을 본 샤오린 씨는 방금까지 우리의 안색을 살피며 조심스러웠다는 것을 믿을 수 없을 정도로 활기차게 소리쳤다.

그야 올 때는 1년이나 걸렸는데 돌아갈 때는 이틀밖에 안 걸리다니, 기운이 샘솟겠지.

지금은 아직 마을이 멀리 보이지만 서서히 커지는 중. 그리고 거기서 샤오린 씨가 말했다.

"죄송해요. 저 마을 입구에 비행정을 내려주시겠어요?"

"네. 알겠습니다."

조종사는 샤오린 씨의 지시대로 마을 입구에 비행정을 착륙시켰다.

어째서 이런 곳에 착륙하는가.

그 이유는 쿠완롱에 괜한 혼란을 일으키지 않기 위해서였다.

이번 목적은 침공이 아닌 친교.

국교를 수립하기 위한 방문이다.

돌연 하늘을 나는 탈 것이 나타나면 수도는 큰 혼란에 빠질 것이다.

그래서 이 마을에서 사자를 보내 비행정이 접근할 수 있도록 허가를 받기로 했다.

하지만 뭐…….

이 마을에는 사전에 연락하지 않았으니…….

창밖 광경으로 말할 것 같으면 한 마디로 패닉이었다.

그야 당연하겠지.

갑자기 하늘을 나는 배가 나타났는데도 냉정함을 유지하는 녀석이 있으면 오히려 이상하지.

그래서 우선 처음은 샤오린 씨와 리판 씨가 비행정에서 내려 마을 사람과 대화를 시작했다.

중에는 상당히 험악한 분위기를 내는 사람도 있었지만 약 2년 전에 샤오린 씨가 이 마을을 찾았던 것을 떠올렸는지 이내 편하게 대화하기 시작했다.

이따금 이쪽을 가리키는 것을 보면 아마도 「저건 뭐야?」 하고 말하는 거겠지.

그렇게 한동안 이야기를 나눈 샤오린 씨가 비행정으로 돌아왔다.

"전하, 나바르 씨. 마을의 대표자와 이야기해뒀으니 따라와 주시겠습니까?"

"그래, 알았다."

"그럼 가볼까요."

"네. 잘 부탁드립니다."

마을 쪽에서 이야기를 들을 준비가 마쳤다고 해서 오그와 나바르 씨, 그리고 호위를 동반해 마을로 갔다.

그러는 사이 우리는 비행정 안에서 대기했다.

일단은 만약을 대비해 색적 마법을 전개했지만, 딱히 해를 끼치려는 사람은 없었다.

오그와 나바르 씨의 말을 샤오린 씨가 통역해서 마을의 대표자와 이야기했다.

한동안 이야기를 나눈 뒤 오그 일행이 이쪽으로 돌아왔다.

"수고했어. 이제 갈 수 있어?"

"아니, 아직이다. 이제부터 쿠완룽의 수도로 사람을 보낸 다더군. 그 대답이 돌아온 뒤에 갈 수 있다고 들었지."

"어? 그럼 얼마나 걸리는데?"

나는 오그에게 물었지만 옆에서 이야기를 듣던 샤오린 씨가 대답했다.

"가는데 한 주, 오는데 한 주 정도라 대략 2주일 정도겠네요."

"상당히 멀군."

"네. 쿠완룽은 작은 나라를 통합해 만들어진 나라라서 국토가 상당히 넓거든요."

나라를 통합해서 만들어졌다면 흔히 말하는 제국인가.

뭐랄까, 제국이라고 하면 왜 이렇게 악역 같은 나쁜 이미지가 떠오르는 걸까.

하지만 실제로 블루스피어 제국은 엄청나게 나쁜 나라였기도 했으니까.

그 나라가 없었다면 마인이 나타나지 않았을지도 모를 정도로.

그건 그렇고 2주일이라…….

"어쩔래? 오그."

"그렇군. 우선 이곳 주민과 교류를 가져볼까. 말을 배우기에는 시간이 부족하겠지만 이 곳의 문화 정도는 알 수 있겠지."

"그것도 그렇네."

그리하여 우리는 2주일 동안 이 마을에 머물기로 했다.

그러나 이런 변방의 마을에 여관이 있을 리 없으니 마을 구석에서 야영을 허가받고서 텐트를 치는 정도다.

당연히 비행정과 야영지에는 경계와 방어용 마도구를 설치하는 것을 잊지 않았다.

일단은 샤오린 씨가 외국의 사절단이라고 설명해두었고 사절단은 안타깝게도 아저씨뿐이지만, 우리 쪽에는 젊은 여성이 여섯이나 있다.

외국의 미인에게 불손한 생각을 하는 놈들이 나오지 않는다고 장담할 다.

여자들은 샤오린 씨의, 남자들은 리판 씨의 인솔로 마을 사람들과 교류를 시도했다.

목적은 쿠완룽의 식생활에 익숙해지거나 풍습을 알기 위해.

마을과 교류하는 동안 마을 남자들의 시선은 줄곧 여자들에게 향했고, 몇 번인가 텐트로 다가오려는 사람도 있었지만, 결국 큰 문제없이 지나갔다.

아니, 다가오려던 것 자체가 이상한 일이지만.

아무래도 외국의 사절단이라는 것을 이해하지 못한 것 같다니까.

그리고 2주일하고 조금 더 지났을 무렵, 마을 사람 한 명이 숨을 헐떡이며 달려왔다.

샤오린 씨의 말에 따르면 드디어 수도에서 정부 측 인물이 도착했다고 한다.

뭐 연락하고서 바로 수도를 출발할 리가 없으니 협의를 거쳐 사람을 보냈겠지.

그러나 찾아온 사람은 책임자만이 아니라 무장한 병사도 함께였다.

『—!』

쿠완룽의 말로 무언가 소리치고 있다.

우리는 무슨 말인지 알 수 없었지만 샤오린 씨가 놀란 얼굴로 필사적으로 책임자에게 무언가 이야기했다.

그 책임자는 샤오린 씨를 보고서 뭐라고 중얼거린 뒤 뒤에 있던 병사들에게 말을 걸었다.

그러자 병사들은 이쪽을 향해 일제히 활을 쏘았다.

"신 님! 도망치세요!"

샤오린 씨가 필사적으로 외치는데…….

이거 진짜야?

이쪽은 사절단인데.

이런 태도를 보여도 되는 거야?

그렇게 생각했지만, 찾아온 병사들의 분위기로 보아 우리를 환영하지 않는다는 것을 확실히 알 수 있었고 샤오린 씨의 살짝 수상한 태도도 있다 보니 항상 경계를 게을리하지 않았기에 곧바로 대처할 수 있었다.

나는 날아오는 화살에 물리와 마력의 장벽을 전개해 방어했다.

장벽을 두 개나 전개한 이유?

병사들이 사용한 화살에 샤오린 씨가 보여준 것과 같은 부적이 감겨 있었기 때문이지.

이건 닿는 순간에 뭔가 있을 거라고 생각해 이중 장벽을 전개했다.

결과는 정답.

장벽에 가로막힌 화살은 그 자리에서 폭발.

주위가 그 연기로 뒤덮였다.

시야가 차단되어 색적 마법을 전개했는데…….

병사들이 움직이지 않았다.

어라?

지금이 절호의 공격 기회 아니야?

뭐 하는 건가 싶었는데 안개가 걷히고서 알게 됐다.

병사들은 그 공격으로 우리가 죽었을 거라고 생각한 듯하다.

제일 먼저 눈에 들어온 것은 옅은 미소를 짓고 있는 병사와 절망에 물든 샤오린 씨.

그리고 무사한 우리를 보고서 경악한 얼굴로 변하는 병사와 기쁜 얼굴로 변하는 샤오린 씨.

정말로 이 녀석들 뭐지?

"저기, 나바르 씨."

"네."

"이 상황은 어떻게 대처하면 될까요?"

"그야 당연하죠."

나바르 씨는 내 질문에 악당 같은 얼굴로 이렇게 말했다.

"어디까지나 우호적으로 대화하러 온 우리에게 이런 대우라니. 그럼 방어를 위해 이 녀석들을 제압해도 문제없습니다. 오히려 교섭할 때 좋은 카드가 손에 들어왔네요."

아, 엘스 상인에게 약점을 보였네.

어쨌든 사절단 총책임자의 허가도 내려졌으니 반격해볼까.

"간다! 무례한 놈들에게 예의라는 것을 알려줘라!"

『네!』

오그의 호령으로 얼티밋 매지션즈 전원이 아직 놀라고 있는 병사들에게 달려들었다.

솔직히 말해 전투라고도 할 수 없었다.

순식간에 제압하고 사망자도 없이 전원을 구속.

그 상태에서 샤오린 씨를 불렀다.

"죄, 죄송합니다! 설마 이렇게 거친 행동을 할 줄은 꿈에
도 몰랐기에……!"

우리에게 오자마자 새파래진 얼굴로 고개를 숙였다.

이번에는 무릎을 꿇지는 않았다.

그리고 샤오린 씨는 처음에 왔던 사람이 소리친 내용이 무
엇인지 알려주었다.

그녀의 말에 따르면.

『이 하늘을 나는 배는 내가 압수한다! 반론은 허락하지 않
는다!』

그렇게 외치며 병사를 내보냈다고.

뭐? 이 나라, 뭐야?

제정신인가?

그런 의문을 느끼며 묶인 자들을 내려다보고 있으니 샤오
린 씨가 그들의 옷을 뒤지기 시작했다.

얼마 후.

"아! 여기 있어요!"

어떤 서류를 발견하고는 그것을 읽는다.

그 내용이란.

"전하, 나바르 씨. 아무래도 이 습격은 책임자의 독단이었던 모양이네요."

서류라기보다 편지의 내용도 알려주었다.

그 내용이란 『오랫동안 없었던 타국과의 새로운 국교 신청을 고맙게 생각한다. 또한 그 하늘을 나는 배라는 물건도 보고 싶으니 수도로 가져와도 좋다. 도착을 기다린다』였다고 한다.

그게 사실이라면, 이 사람은 정말로 바보인 거야?

정부가 비행정을 타고 오라고 했는데, 그걸 자신의 것으로 삼으려 하다니.

말도 안 되잖아.

그렇게 생각했는데.

"여전히 최악의 방식이네요."

우리보다 샤오린 씨가 더 분노했다.

우리들?

화내기보다 황당함이 커서 이 편지도 가짜가 아닐까 생각할 정도였다. 아니면 함정이거나.

그러나 샤오린 씨는 이 사태를 정확하게 파악했던 듯하다.

"전부터 이 나라가 자주 사용하는 수법이에요. 일단 정부 사람에게 제대로 된 교섭용 편지를 건네요. 하지만……."

거기서 샤오린 씨는 묶인 자들을 마치 길거리의 오물인 것처럼 바라보았다.

"담당자가 그 자리에서 판단하는 행동에 딱히 제안을 두지 않아요. 예를 들어 이번에는 독단으로 비행정을 빼앗고 증거가 되는 것을 전부 은폐…… 다시 말해 몰살할 수 있으면 되는 거죠."

"……그리고 만약 그게 실패해도 정상적인 편지를 건네면…… 일이 이렇게 된 것은 현장 담당자의 독단이니 나라에 책임이 없다는 건가?"

"그래요."

오그도 샤오린 씨와 마찬가지로 오물을 보는 눈빛이 됐다.

처음부터 이렇다니…… 정말로 이 나라와 국교를 수립할 수 있을까?

그렇게 생각해 오그와 나바르 씨를 보니.

"흥, 좋다."

"이것 참, 엄청나게 얕보이는군요. 이거 오랜만에 피가 끓습니다."

두 사람 모두 엄청 악당 같은 표정이었다.

불량 담당자의 습격을 물리친 우리는 곧바로 포박한 자들을 비행정에 태우고서 이주간 신세를 진 마을을 뒤로했다.

헤어질 때 인사는 했지만.

병사들을 순식간에 제압한 우리가 무서운지 다들 멀리서 지켜볼 뿐 우리에게 다가오려 하지 않았다.

나는 뭐 주위가 꺼려하는 일이 제법 있으니 이런 대응에 익숙해졌지만 여자들은 충격이 컸다.

"하아…… 봤어? 그 괴물을 보는 것 같은 눈을……."

특히나 침울해진 사람은 마리아였다.

마리아는 항상 남자 친구가 있었으면 좋겠다고 말했는데 이번에 머문 마을에도 젊은 남성이 있었는데 전혀 돌아보지도 않았다.

그런데 어째서 이렇게 충격을 받은 것일까.

그것은 일반적인 남성이 자신을 생각하는 이미지를 이곳 마을 남자들도 그대로 드러냈기 때문이다.

공포의 대상.

확실히 알스하이드와 그 외 주변 국가에서는 우리를 영웅이라 부르며 잘 대해준다.

그러나 그것은 어디까지나 우리의 공적만 보기 때문.

아이돌과 마찬가지다.

그러나 마리아가 바라는 것은 자신을 이성으로서 사랑해주는 남성이다.

자신을 아이돌로서 숭배하는 남성이 아니다.

그리고 그렇게 숭배해주는 남성이라도 마리아의 전투력을 보면 어떻게 될까.

……상당히 풀이 죽은 모양이네.

지나치게 강해진 걸지도.

그렇게 풀이 죽은 마리아를 시실리가 열심히 달래며……

우리는 쿠완롱의 하늘을 당당하게 횡단했다.

그리고 샤오린 씨의 안내를 따라 나아가기를 몇 시간.

"저기 보여요. 저곳이 쿠완롱의 수도, 이롱입니다."

지평선 너머로 알스하이드 수도와 거의 비슷한 규모의 도시가 보이기 시작했다.

자, 여기서부터가 진짜다.

말은 그렇게 해도 교섭을 하는 것은 내가 할 일이 아니지만.

교섭은 오그와 나바르 씨에게 맡긴다.

이롱에 도착했다고 생각했는데, 어째서인지 비행정이 착륙하지 않았다.

마물로부터 도시를 지키기 위한 것으로 보이는 외벽의 살짝 위 정도의 상공에서 계속 대기했다.

고도를 상당히 낮춰 외벽과 비슷한 높이까지 내려왔다.

다시 말해 사람들 앞에 모습을 드러낸 것으로 다들 입을 떡하니 벌리는 것까지 알 수 있는 거리다.

그대로 한동안 기다리자 문에서 무장한 병사와 무장하지 않은 사람이 잔뜩 나왔다.

아무래도 이것을 기다린 듯하다.

그 모습을 확인하고서 비행정은 천천히 내려갔다.

일단은 경계하는 모습이지만 병사들은 무기를 뽑지 않고 규칙적으로 줄을 섰다.

적대하는 의사는 없는 모양이다.

여기서도 적대하는 의사를 내비치면 변명의 여지없이 외교 문제가 되니 국교 수립은 불가능.

교역도 무리이니 샤오린 씨의 바람은 모조리 물거품이 된다.

샤오린 씨는 그 사실을 잘 알고 있는지 자국 병사들의 대응에 노골적으로 안도한 얼굴을 보였다.

이윽고 비행정이 착륙해서 문을 열고 나바르 씨를 시작으로 엘스 사절단, 그리고 오그를 시작으로 얼티밋 매지션즈(지금은 알스하이드의 사절단)가 내렸다.

그리고 마지막으로 샤오린 씨와 리판 씨가 사막 경계에 있는 마을에서 포박한 책임자와 병사를 데리고 내렸다.

줄을 섰던 사람들 사이에서 특히나 호화로운 옷을 입은 사람이 앞으로 걸어 나왔다.

아마도 이 사람이 이번 교섭을 담당하는 사람이겠지.

앞으로 나오자마자 뭔가 이야기했다.

"「쿠완롱에 잘 오셨습니다. 저는 교섭 담당인 하오입니다」라고 말했습니다."

샤오린 씨의 통역을 듣고 나바르 씨는 웃는 얼굴로 말했다.

"저희야말로 성대히 환영해주셔서 감사합니다."

우와.

일부러 거창하게 강조하네.

뭐, 샤오린 씨의 통역도 있을 테니 그런 뉘앙스는 전해지지 않겠지만.

나바르 씨의 말을 들은 하오 씨는 미소를 지으며 우리의 뒤에서 포박된 사람들을 보았다.

그리고 다시 무언가 이야기했다.

"그쪽은 전령 임무를 받은 사자인데 어째서 붙잡힌 것인지 묻습니다."

"사자? 이 나라에서는 갑자기 외교 사절단을 공격하고 우리가 타고 온 비행정을 빼앗으려 하는 사람을 사자라고 부릅니까?"

나바르 씨…… 갑자기 너무 공격적인 것 아닌가요?

통역하는 샤오린 씨도 살짝 안색이 안 좋아졌잖아요.

그 통역을 들은 하오 씨는 얼굴을 찡그리고 엄청 화를 내며 뭐라고 소리쳤다.

"저기…… 저런 자들을 사자로 선택한 것이 누구냐고…… 어라?"

하오 씨는 뭐라고 소리친 뒤 다시 샤오린 씨에게 무언가 말했다.

"저, 저 불손한 자들은 이쪽에서 엄정하게 처분할 테니 인도해달라고 합니다."

"그러시군요. 그럼 넘겨드리겠습니다."

나바르 씨는 그렇게 말한 뒤 붙잡은 사람들을 하오 씨 일행 앞으로 보냈다.

"그럼 엄중한 처벌을……."

하오 씨에게 그렇게 말하던 순간.

『―!』

하오 씨가 갑자기 허리에 찬 검을 뽑아 붙잡혔던 책임자의 목을 날렸다.

남은 병사들도 하오 씨 곁에 대기하던 병사들이 차례차례 베었다.

너무나도 가혹한 처벌에 우리는 깜짝 놀랐고, 마물은 몰라도 사람이 죽는 광경에 내성이 없는 사절단 사람들의 안색이 어두워졌다.

이게 목적인가?

처음에 강력한 폭력을 보여주고서 공포를 심어주려는 속셈일지도.

실제로 사절단 사람들의 표정이 약간 좋지 않았다.

하지만.

"상당히 가혹하군요. 이 나라에서는 재판도 없이 사형을 집행합니까?"

나바르 씨는 무척이나 태연하게 말했다.

우리는 그 마인왕전역 때 마인과 잔뜩 싸웠으니까.

마인이 되었다지만 사람임은 변함이 없다.

그것을 잔뜩 처리했던 경험이 있기에 우리는 눈앞에서 사람이 죽는 광경을 목격해도 공포를 느끼지 않았다.

그저 살짝 미간을 찌푸렸을 뿐.

이렇게 익숙해지는 것도 좋다고 할 수 없겠지만.

하지만 나바르 씨는 전투와 관련이 있는 사람이 아니다.

그런데도 이렇게 태연히 있을 수 있다니, 엘스에서는 상인끼리 교섭할 때도 사망자가 꽤 나오는 걸까?

……그게 아니었다.

자세히 보니 다리가 살짝 떨리고 있다.

그러나 다행히도 하오 씨는 그것을 발견하지 못하고 샤오린 씨의 통역을 듣고서 살짝 놀란 모습이었다.

"지저분한 모습을 보인 사과와 사죄의 뜻으로 식사를 대접해드리겠다고 합니다."

"그러시군요. 그럼 오늘은 이만 쉬고 내일 이야기할까요?"

샤오린 씨가 하오 씨에게 통역하자 하오 씨는 싱긋 웃으며 무언가 이야기한 뒤 마차에 올랐다.

"마차를 준비했으니 타시라고 합니다. 행정부로 안내해드린다 합니다."

자세히 보니 마차는 하오 씨가 탄 한 대만이 아니었다.

몇 대인가 준비된 것을 보면 이쪽의 사람 수는 이미 전해졌을 것이다.

수도는 제법 넓은 것 같았으니 다행이었다.

하오 씨의 말대로 마차로 가려 하자 샤오린 씨가 말을 걸었다.

"저기…… 비행정은 어떻게 하시겠어요?"

"그렇군. 신."

"응?"

"네 이공간 수납에 이걸 넣을 수 있나?"

"넣을 수 있지."

"그럼 넣어줘."

"알았어."

나는 오그의 요청을 받고 이공간 수납을 비행정 아래에 열었다.

그러자 비행정은 마치 지면에 빨려들듯이 이공간에 수납되었다.

"그럼 가볼까요?"

"무…… 어……."

응?

샤오린 씨가 당황하고 있다.

"샤오린 씨? 왜 그래요?"

"왜 그러냐니요! 대체 뭔가요?! 그 엄청난 크기의 이공간 수납 입구는!"

"네?"

그렇게 물어도…….

"비행정을 수납해야 하니 크지 않으면 들어가지 않잖아요."

"그건 그렇지만요! 그렇기는 한데!"

샤오린 씨가 머리를 감싸 쥐었다.

정말로 왜 그러는 거지?

샤오린 씨의 알 수 없는 행동을 보고 있으니 오그가 그 어깨 위로 손을 얹었다.

"이 정도는 별것 아니다. 신의 비상식적인 행동은 정말로 심각하니까."

이 정도는 다들 할 수 있잖아?

어째서 나만 그런 소리를 들어야 하는 거야?

오그의 불공평한 말에 분개하고 있으니 샤오린 씨가 피곤한 표정을 했다.

"그러네요……."

왜 그렇게 간단히 믿는 거냐고.

그렇게 생각했는데 샤오린 씨가 어째서 바로 믿게 됐는지는 금방 알 수 있었다.

"정말로…… 이전 문명의 환생자인지도 모르겠네요."

아…… 정말로 믿게 됐나 보네.

◆

『설마 저렇게 나올 줄은 몰랐다.』

신 일행의 앞에서 마차에 탄 하오는 함께 탄 보좌관에게 말했다.

『네. 특히 저 젊은 녀석들의 안색 하나 바뀌지 않을 줄은 몰랐습니다.』

『나이를 먹은 사람 쪽이 창백해졌지.』

『어떤 자들일까요? 그다지 많은 경험을 쌓았을 연령으로는 보이지 않았습니다만.』

『모르겠군. 하지만 주변 소국처럼 강하게 말하면 무슨 말이든 듣는 놈들과는 다른 모양이다.』

『성가시겠군요.』

『그래?』

하오는 그렇게 말한 뒤 씩 웃었다.

『그러는 편이 재밌지.』

그 후 신 일행도 마차에 탔기에 하오가 탄 마차도 천천히 움직이기 시작했다.

이제부터 가는 곳은 행정부가 있는 쿠완롱 성.

쿠완롱의 황제가 있는 곳이다.

◆

"하아…… 놀라라. 왜 갑자기 사람을 죽이는 거야! 야만인도 아니고!"

"나바르 씨, 진정하세요."

마차에 타자마자 나바르 씨가 그렇게 말했다.

"태연하게 있느라 얼마나 힘들었는데! 그걸 보고 위축시키는 게 목적일 테니 열심히 허세를 부렸지만!"

상당히 험악하지만 하는 말은 살짝 한심하다고요, 나바르 씨.

"그나저나 제법이군, 나바르 외교관. 3국 회담 때와는 전혀 달랐다."

"에이, 그때 일은 잊어주세요, 전하.

그러고 보니 3국 회담 때 나바르 씨의 요구에 오그가 상당히 화를 냈던 일이 있었다.

무슨 요구를 했는지 자세한 내용은 모르지만 그럴 때조차 이익을 추구할 정도로 상인 정신이 뛰어나다는 뜻이겠지.

"그래서 앞으로 어떻게 할 거지? 나바르 외교관 주도로 이야기를 진행할 건가? 아니면 나도 참가하는 편이 좋은가?"

"우선 제가 이야기하겠습니다. 이런 교섭을 두 사람이 진행할 때는 연계가 조금 더 잘 돼야 해서……."

"뭐, 대략적인 회의를 해봤을 뿐이니까. 알았다. 다만 용 가죽의 교역권은 반드시 따내야 한다."

"지금은 금지된 품목이라고 하니까요. 한번 잘 구슬려보겠습니다."

"그렇게 됐으니 샤오린 양, 통역을 잘 부탁하지."

"아, 알겠습니다."

이렇게 마차 안에서 교섭에 대해 회의를 나눈 뒤 커다란 건물에 도착했다.

크다고 하지만 위로는 그다지 높지 않았다.

그냥 넓었다.

도중에 본 건물도 그랬는데, 건축 양식은 알스하이드 부근에서는 그다지 볼 수 없었던 형식이었다.

굳이 말하자면 옛날 일본에 가깝다고나 할까?

나무와 회반죽으로 만들어졌고, 높아도 2층 높이까지인 것이 대부분이다.

"이곳은 유황전. 황제 폐하가 계시는 쿠완롱의 중심입니다."

샤오린 씨가 눈앞의 커다란 건물을 설명했다.

"여기는 황제 폐하께서 사시는 곳임과 동시에 쿠완롱 행정의 중심이기도 합니다. 저도 지금까지 온 적은 없었어요."

그렇게 말하는 샤오린 씨는 어쩐지 감격한 듯했다.

지금까지 온 적이 없다고 하니 당연한 건가.

본 적 없는 양식의 건물을 두리번거리며 살피고 있으니 하오 씨가 다가왔다.

『이쪽에 방을 준비해두었습니다. 일단 쉬고 계시면 황제 폐하 알현과 만찬을 준비하겠습니다.』

그렇다고 한다.

그렇게 우리는 우선 건물 안에 있는 방에 들어갔다.

거기서 부를 때까지 기다리라고 했다.

일행이 방으로 들어갈 때 오그가 입을 열었다.

"신. 그걸 나바르 외교관 일행에게도 줘라."

오그는 그렇게 말한 뒤 자신의 가슴 부근을 툭 쳤다.

아, 그거 말이지.

"나바르 씨. 그리고 여러분도 이걸 지녀주세요."

그렇게 말하고 꺼낸 것은『이물 배제』를 부여한 마석이 달린 목걸이다.

부하의 폭주를 가장해 우리를 공격할 정도의 놈들이니까.

조심해서 나쁠 것 없지.

"이게 뭡니까?"

"이건……."

나바르 씨가 물어 그 효과를 설명했다.

나바르 씨 일행은 물론 샤오린 씨와 리판 씨도 깜짝 놀란다.

그 효과에 대해서가 아니라 마석을 이런 목걸이로 사용한다는 점에.

뭐, 이 마석은 내가 만든 양산품이지만.

아까부터 쿠완롱을 신용하지 않는 말만 했지만 샤오린 씨와 리판 씨는 한 마디도 불평하지 않았다.

하긴, 샤오린 씨의 언니는 아직 만나보지도 않았으니 기분을 상하게 하면 곤란하다고 생각하는 거겠지.

어제의 일도 있으니까.

그렇게 모두에게 목걸이를 주고서 나중에 황제를 만났을 때 어떻게 행동해야 하는지 물었다.

샤오린 씨는 이 나라의 사람이니 황제에게는 경의를 표할 필요가 있겠지만 우리는 타국 사람.

최대의 경의를 표할 필요는 없지만 최저한의 예의는 갖추었으면 한다고.

우선 허리를 굽혀 고개를 숙이면 된다고 한다.

그런 교육을 받고 오늘은 집에 두고 온 실버를 살펴보러 돌아갔다 오니 노크 소리가 들리며 준비가 됐다는 말이 들렸다.

찾아온 병사를 따라가자 유난히 커다란 문 앞에 도착했다.

그 양옆에는 완전히 무장한 병사가 있었다.

여기가 알현실인가.

우리가 도착하자 바로 그 커다란 문이 열렸다.

안에는 호화로운 옷을 입은 사람이 좌우로 잔뜩 줄지어 있었다.

이 나라의 귀족일까?

애초에 귀족 제도가 있는지도 모르겠지만.

많은 시선을 받으며 방 안쪽으로 전진.

우리는 어느 정도 익숙하고 다른 나라라서 그렇게까지 긴장하지 않았는데, 샤오린 씨와 리판 씨는 어마어마하게 긴장했다.

얼굴은 창백하고 다리도 파르르 떨고 있었다.

당장에라도 쓰러질 것 같네.

그렇게 옥좌 앞까지 가니 일단 멈추라는 안내를 받았다.

옥좌에는 아직 아무도 없었다.

그러자 관리 한 명이 큰소리로 무언가 말했다.

그것과 동시에 일제히 무릎을 꿇는 주변 사람들.

샤오린 씨도 무릎을 꿇었다.

방금 그건 황제가 온다는 것을 알리는 말이었나.

그것을 깨달은 우리도 다급히 고개를 숙였다.

그렇게 조금 기다리자 누군가가 나타나 옥좌에 앉았다.

『─.』

뭔가 소리가 들리자 주변 사람들과 샤오린 씨가 일어섰다.

일어섰다는 뜻은 편히 있으라는 식의 말이었다고 생각해 나도 고개를 들었다.

그러자 아까까지 공석이었던 옥좌에 한 남성이 앉은 것이 보였다.

나이는…… 상당히 젊었다.

어쩌면 우리보다도 어리지 않을까?

남성이라기보다 소년이라는 표현이 어울리는 사람이 옥좌에 앉아 있었다.

『─.』

『─.』

그 소년이 무언가 말하자 샤오린 씨가 긴장한 태도로 답했다.

"통역을 의뢰받았으니 지금부터 여러분과 폐하의 통역을 맡겠습니다.

그렇구나. 방금은 자신의 말을 전하라는 말로 샤오린 씨는 승낙하는 답변을 한 건가.

여기서부터 쿠완롱 황제와 대화가 시작됐다.

『멀리서 오느라 수고했다. 설마 사막 너머에서 사자가 올 줄은 꿈에도 몰랐군.』

"오늘 이렇게 황제 폐하의 존안을 뵙게 된 것이 진심으로 기쁩니다."

『음. 지금까지 교류가 없었던 나라와 연이 생긴 것은 짐도 기쁠 따름이다.』

"감사합니다."

『그럼 자세한 이야기를 나눠보지. 저기 있는 외교 담당자와 협의하도록.』

"네, 감사합니다."

여기까지, 황제와 나바르 씨의 대화였습니다.

와…… 엘스 사투리를 쓰지 않는 나바르 씨는 위화감이 굉장하네.

그리고 짧은 인사를 나눈 뒤 황제는 바로 물러나고 말았다.

이후의 회의에도 참가할 줄 알았는데, 정말로 얼굴을 보이기만 했네.

뭔가 허탕을 친 기분이다.

그 후의 만찬회에는 다시 나오긴 했지만.

당연히 우리와의 대화는 전무.

정말로 저녁 식사 자리에 동석했을 뿐이라는 느낌이었다.

참고로 만찬회에서 나온 음식은 중국풍 음식이었다.

사용하는 식기는 당연히 젓가락.

사막 경계의 마을에서 젓가락을 사용한다는 것을 알게 되어 머무는 동안 계속 연습했다.

나는 원래부터 쓸 수 있었지만.

그래서 황제의 앞에서 창피를 면할 수 있었던 것 같다.

쌀밥은 오랜만이네.

백미는 아니었지만 볶음밥이 나왔다.

엄청 맛있었으니 이상한 독은 들지 않았던 것 같은데 실제로는 어땠을까?

지금 우리는 독이나 약이 통하지 않으니 확실하지 않다.

맛도 냄새도 없는 독이었다면 알 수 없으니까.

그렇게 황제와의 알현을 마친 우리는 마련된 숙박용 방으로 안내받았다.

이인 일조로 나와 오그, 토르와 율리우스, 토니와 마크, 시실리와 마리아, 앨리스와 린, 유리와 올리비아로 나뉘었다.

사절단 쪽도 이인 일조로 나뉘었다.

방으로 들어갈 때 『침입 방지』와 『방음』을 부여한 마도구를 건네줬으니 여자들만 있어도 괜찮을 것이다.

설마 황제와 알현까지 한 사자에게 무슨 짓을 하지는 않을 것 같지만, 만약을 위해서니까.

그럼 내일은 드디어 하오 씨와 교섭하는 건가.

내가 하는 것이 아니지만 긴장된다.

하아…… 잠이 오려나?

◆

신 일행이 배정된 방에서 쉬고 있을 때, 하오는 자신의 집무실로 보좌관을 불렀다.

『어이, 놈들의 음식에 그 약을 넣은 게 확실하겠지?』

『네. 확실합니다. 제가 이 눈으로 확인했으니까요.』

『그럼 어째서 놈들의 상태에 변화가 보이지 않지?』

『그…… 그렇게 말씀하셔도…….』

『정말로 확실하겠지?』

『네. 이 나라에서 제일 효력이 강한 미약을 섞었습니다. 무미, 무취라 들킬 걱정도 없고 확실하게 놈들이 먹었습니다.』

『큭…… 뭔가 대책을 마련한 건가?』

『그 미약에 대해서…… 말씀입니까? 하지만 미약은 독물이 아닌 데다 애초에 놈들은 마도구를 기동하는 것 같지도 않았습니다만.』

『그렇다면 어째서…….』

『보, 보고 드립니다.』

하오가 말하는 도중에 노크 소리가 들리며 문 너머로 부하의 목소리가 들렸다.

『무슨 일이냐!』

『네! 저…… 저기…… 놈들의 방에 침입할 수 없습니다!』

『뭐?! 말도 안 돼! 열쇠는 갖고 있겠지?!』

『그게…… 열쇠로 열리지 않습니다!』

『그런 말도 안 되는 소리를! 다른 열쇠를 착각한 건 아닌가?!』

『아, 아니요! 확실하게 놈들의 방문 열쇠입니다! 그런데 모든 방이 열리지 않습니다!』

부하의 보고를 들은 하오는 멍하니 중얼거렸다.

『말도 안 돼…… 대체 어떻게 된 거지…….』

계속해서 계획이 틀어지자 하오는 힘없이 의자에 몸을 기댔다.

하오가 계획한 것은 허니 트랩이었다.

신 일행의 음식에 미약을 섞어 성적 흥분 상태에 빠뜨린다.

남녀가 모여 있으니 성적 흥분 상태라면 몇 명인가는 성행위를 할 것이라고 예측했다.

그리고 그 현장을 하오 일행이 발각하면 신성한 궁전에서 무슨 짓이냐며 추궁할 수 있다.

그렇게 되면 교섭을 유리하게 진행할 수 있으리라 판단했다.

그러나 부하들로부터 신 일행이 남녀가 따로 방으로 들어갔다는 보고가 들어왔다.

게다가 성적 흥분 상태가 되지 않은 듯하다는 보고도 있었다.

이 시점에서 하오는 뭔가 이상하다고 여기기 시작했지만 조금이라도 교섭을 유리하게 진행하고 싶어 다음 수를 썼다.

만약을 위해 이 나라의 창부…… 남창 중에서도 특히나 용모가 뛰어난 자를 엄선해 대기시킨 뒤 각각의 방으로 보내려 했다.

그러나 결과적으로 방에도 들어가지 못해 여기서 모든 계획이 좌절되고 말았다.

일주일 전에 사막 너머에서 국교 수립을 위한 사자가 온다는 보고를 받은 뒤로 이날을 위해 준비했던 모든 계획이 무산되자 하오는 힘이 빠지고 말았다.

하오가 이렇게까지 하는 것은 그 사자들이 하늘을 나는 탈 것으로 찾아왔다는 보고를 받기 때문이다.

그 탈 것을 반드시 손에 넣고 싶었다.

그것만 있다면 사막 너머에 있는 나라와 쿠완롱의 동쪽에 있는 섬나라를 침공할 수 있다.

그럴 수만 있다면 쿠완롱이 전 세계의 패권을 쥘 수 있으리라 생각했다.

그 계획이 모조리 무너지고 말았다.

하오는 보고를 듣고 넋이 나갔었지만 얼마 후 몸을 일으켰다.

『좋다. 그렇다면 정공법으로 많은 이권을 빼앗아주지.』

심야의 집무실에서, 하오는 시커먼 결의를 새로이 다졌다.

◆

　다음 날 쿠완롱 측이 마련한 아침을 먹은 뒤, 드디어 국교 수립을 위한 회의가 열렸다.

　장소는 생각보다 작은 회의실.

　상당히 비밀스러운 이야기라서 큰 회의실에서 많은 인원이 모이지는 않았다.

　서로 인사를 마친 뒤 빠르게 회의에 들어갔다.

　우선 이야기한 것은 양쪽 국민이 상대의 나라에 왕래하는 것에 대해.

　관광이라든가 업무, 때에 따라서는 이주도 있겠지.

　비행정을 이용해도 하루 만에 도착할 수 없으니 중계 지점에 서로 투자해서 숙박 거리를 만든다거나, 입국 심사 등등.

　서로를 좋지 않게 생각하는 사람은 입국을 허락하고 싶지 않으니 서로의 나라에 대사관을 만들어 대사를 상주하게 할 것.

　그 대사관에서 입국 심사를 담당해 비자를 받은 사람만이 오갈 수 있게 할 것 등을 정했다.

　이건 거의 나바르 씨와 오그의 주장대로 됐다.

　현재 쿠완롱과 서쪽 나라를 연결하는 이동 수단이 비행정밖에 없기 때문이다.

　걸어가면 1년이 걸린다는 것은 샤오린 씨와 지금까지 서로의 나라에 도착한 사람들의 증언으로 분명하기 때문이다.

그리고 교역을 이야기하기 전에 환전에 대해서도 이야기했다.

이것은 서쪽에서 유통되는 화폐와 쿠완롱의 화폐를 어떤 환율로 교환할지에 대한 이야기.

쿠완롱도 아직 지폐가 유통되지 않았는지 동전이 화폐였다.

그래서 이쪽의 화폐가 쿠완롱의 화폐와 어느 정도의 가치 차이가 있는지 시장 가치와 대조하며 정해나갔다.

여기까지는 서로 예측했던 이야기였기에 회의가 원활하게 진행됐다.

그 양상이 달라진 것은 교역에 관해 이야기할 때였다.

나바르 씨는 서로 나라의 품목 전부를 교역 대상으로 삼자는 취지를 전했다.

쿠완롱과 엘스는 문화가 상당히 다르니 새로운 물건이 들어오는 것은 서로에게 좋은 일이라 하오 씨도 승낙하려 했지만 보좌관의 귓속말을 듣고서 그 제안을 거부했다.

『전부는 안 된다. 몇 가지 품목에는 제한을 걸겠다.』

그 말을 듣고서 나바르 씨만이 아니라 우리도 올 게 왔다는 느낌이었다.

"제한이 걸리는 품목이 무엇입니까?"

나바르 씨의 질문에 하오 씨는 당연한 듯이 말했다.

『용 가죽이다.』

역시나 생각대로였다.

용 가죽은 지금 쿠완룽에서 금지 품목이 되어 유통이 멈췄다.

그것을 수출할 수는 없다고 말한 셈이다.

"그러시군요…… 하지만 이상한 이야기군요."

『이상하다고? 우리나라에서 유통을 금지한 물건의 수출을 제한하는 게 뭐가 이상하지?』

"도중에 이야기를 들었습니다만, 용 가죽은 상당한 양의 재고가 있다더군요."

『그게 어쨌다는 거지?』

"그게 말이죠…… 재고가 있는데 유통하지 않는다는 것은 불량 재고라는 말 아닌가요?"

『부…… 불량 재고라고?!』

"그렇잖습니까. 우리는 그 불량 재고를 처분해드리겠다고 말씀드리는 겁니다. 어째서 반대하시는 거죠?"

『그…… 그건 이 나라가 정한 법이기 때문이다!』

"애초에 그 법은 「국내」 유통을 제한한다는 거였잖습니까. 국외에 수출하는 것을 금한 것이 아닐 텐데요."

『그…… 그렇다면 법의 개정을 진언하겠다!』

"어이쿠, 그건 안 되죠. 그렇게 그쪽만 상황을 지켜보면서 결정하는 것을 허용할 리가 없지 않겠습니까."

오…… 법의 사각을 노리네, 나바르 씨.

애초에 샤오린 씨의 말에 따르면 용 사냥 금지와 용 가죽의 유통 제한 자체가 이상한 법이라고 하니 두드리면 뭔가 나올지도 모른다.

하오 씨는 한동안 나바르 씨를 노려보다가 이내 천박한 미소를 떠올리며 반론했다.

『그런가. 그렇다면 용 가죽의 교역을 인정하는 대신 그쪽도 비행정의 권리를 양보해다오.』

이겼다는 얼굴로 하오 씨가 그렇게 말했다.

그렇게 나왔군.

나바르 씨는 어떻게 할까?

그렇게 생각하니 나바르 씨가 산뜻한 얼굴로 답했다.

"그건 불가능합니다."

『뭐라고! 일방적으로 요구만 하고 이쪽 요구는 받아들일 수 없다는 말인가!』

"그런 이야기가 아닙니다."

『그럼 무슨 뜻이지?!』

"애초에 저 비행정은 우리 것이 아니거든요."

『뭐?』

"저건 어떤 인물이 개인적으로 만든 것이라서요. 우리도 대여하는 형태로 쓰고 있습니다."

『개…… 개인적이라고…….』

하오 씨가 믿을 수 없다는 표정을 했다.

뭐, 그렇겠지.

비행정 같은 물건은 원래 나라가 소유하는 것이라고 생각하겠지.

하지만 그건 일단은 개인이…… 그보다 얼티밋 매지션즈의 소유물이니까.

"그렇게 됐습니다. 비행정은 교섭할 물건이 아닙니다. 그럼 용 가죽에 대해서 말입니다만, 지금 인정한다고 말씀하셨죠?"

『뭐?! 그건 비행정과 교환한다는 뜻이었다!』

"이건 또 이상한 이야기로군요."

『뭐가 이상하다는 거지?!』

"『비행정과 교환한다면 용 가죽을 수출한다』고, 하셨죠?"

『그게 어쨌다는 거냐!』

"이상하잖아요. 희소한 물건이라 외국에 팔지 않겠다는 말인 줄 알았는데 교환 조건에 따라서는 팔 수도 있다니."

『그…… 그건……!』

"그렇다면 용 가죽 자체는 팔아도 딱히 상관없다는 뜻이잖습니까."

『그러니까! 비행정과 교환한다고 말했다!』

"답답한 사람이네. 당신, 아까는 무엇과 교환한다면 용 가죽을 팔겠다고 했잖아요?"

『뭐?』

"다만 이쪽이 비행정은 개인의 소유물이니 팔 수 없다고 말했을 뿐, 당신은 교역에 응한다고 말하지 않았습니까?"

『……!』

완전히 휘말렸네.

하오 씨는 분노로 얼굴이 새빨개졌는데 할 말이 없어서 입을 다물고 말았잖아.

나바르 씨는 산뜻한 얼굴로 받았던 차를 마시고 있고.

옆에 앉은 오그도 감탄한 얼굴로 나바르 씨를 본다.

"한번 뱉은 말은 주워 담을 수 없는 법. 그러니 용 가죽을 거래하겠습니다."

결국 나바르 씨는 마지막까지 표정 하나 바꾸지 않았고 결국에는 그렇게 말하며 용 가죽 교역을 밀어붙였다.

그런 나바르 씨를 노려보던 하오 씨는 마지막 발버둥인지 다시 항의했다.

『……하지만 그쪽은 아무런 대가를 제시하지 않았을 텐데!』

"그러니까 지금부터 용 가죽을 다루는 곳과 교섭하겠다는 말입니다. 당신이 참견할 일이 아니죠."

『크으으……!』

마지막 발버둥도 가볍게 흘리자 하오 씨는 이를 갈며 분개했다.

그런 하오 씨는 보좌관의 귓속말을 들은 뒤 갑자기 통역인 샤오린 씨를 노려보며 소리쳤다.

샤오린 씨는 뭔가 말하고 싶은 눈치였지만 결국 아무런 반론도 하지 않은 채 그 말을 이쪽에 통역하지도 않았다.

뭐지?

그렇게 생각했을 때 오그가 샤오린 씨에게 말을 걸었다.

"왜 그러지? 그 말은 통역해주지 않는 건가?"

샤오린 씨는 살짝 곤란한 표정을 한 뒤 하오 씨가 외친 내용을 통역했다.

"저…… 제가 당신들에게 정보를 흘렸을 거라고…… 그렇게 말했습니다."

뭐 그건 사실이지만.

결과적으로 샤오린 씨의 정보로 나라가 교섭에서 진 셈이다.

그러나 애초에 샤오린 씨가 그 나라의 결정을 받아들일 수 없는 입장이니 이렇게 되는 것도 당연하겠지.

다만 자국의 사람을 탓하는 건 슬픈 일이네.

"이쪽이 할 말은 이상입니다. 더 하실 말씀 있으십니까?"

『……인정할 수 없다.』

"네?"

『용 가죽의 교역은 인정할 수 없다! 이 교섭은 무효다!』

여기까지 와서 아직도 그런 말을 하다니.

하지만 하오 씨가 받아들이지 않으면 교역은 성립되지 않는다.

멋대로 거래하면 밀수가 되니 이번에는 하오 씨에게 대의명분을 주게 된다.

교섭이 어떻게 되려나?

그렇게 생각하니 나하르 씨는 한숨을 쉬며 말했다.

"오늘은 이만하죠. 아무래도 그쪽은 냉정한 판단을 내릴 수 없는 모양이니까요."

나바르 씨는 그렇게 말하고 자리에서 일어났다.

"다음 회의는…… 그렇군요. 그쪽도 협의가 필요할 테니 3일 후에 다시 열죠."

『……몇 번 이야기해도 변하지 않는다!』

"어린애 말다툼도 아니고 교섭 한 번으로 전부 무를 수는 없잖습니까? 한번 잘 생각하고 서로 결론을 내려봅시다."

『…….』

"그럼 3일 후에 다시 오겠습니다. 그때까지 다른 곳에서 머물겠습니다."

그렇게 말하고 나바르 씨는 회의실을 나갔다.

그 뒤를 우리와 샤오린 씨도 따르려 했지만 하오 씨가 샤오린 씨에게 다시 뭐라고 소리쳤다.

샤오린 씨는 아까와 다르게 냉정하게 대답하고는 우리를 따라 나왔다.

"샤오린 씨, 무슨 이야기였어요?"

따라 나오긴 했지만 조금 슬픈 표정을 하고 있기에 무슨 말을 들었는지 물었다.

"그게…… 너는 함께 갈 수 없다고 하기에 제가 없으면 이 나라의 말을 모르는 사람들을 내버려 둘 수 없다 말하고 나왔습니다."

그렇게 말하며 미소 짓는다.

"그래요…… 근데 괜찮은 건가요? 결과적으로 쿠완롱을 상대로 싸움을 거는 것처럼 들렸을 텐데요."

"괜찮습니다. 이번 일에 관해서는 완전히 나바르 님 편입니다. 하오를 밀어붙였을 때, 웃음이 나오는 걸 참느라 힘들었을 정도였으니까요."

"……뭔가 개인적인 원한이라도?"

"그 녀석 때문이에요."

"뭐가요?"

"그 녀석이 용 사냥과 가죽 유통을 금지한 장본인이에요!"

그렇게 말하는 샤오린 씨의 얼굴에는 증오의 표정이 떠올라 있었다.

"무슨 생각인지는 모르겠지만 그 녀석이 거짓 보고서를 작성해 법안을 가결했습니다."

"샤오린 씨…… 밍 가로서는 하오 씨가 적이라는 건가요."

"네. 나라의 문제가 아니라 그 녀석…… 하오의 생각대로 놔두고 싶지 않습니다."

"뭔가 어린애 같은 이유로군."

"……"

오그의 비꼬는 듯한 말에 샤오린 씨는 입술을 깨물며 입을 다물고 말았다.

"뭐, 덕분에 이쪽은 유리해졌잖습니까. 그거면 됐죠."

순간 흘렀던 미묘한 분위기를 깨뜨리듯 나바르 씨가 오그와 샤오린 씨 사이에 끼어들었다.

"그나저나 굉장했어요, 나바르 씨. 완전히 주도하던데요."

"하하. 부끄럽지만 그건 아우구스트 전하를 따라 한 겁니다."

"오그를?"

무슨 말이지?

"실은 3국 회의 때 저도 하오와 같은 요구를 했었는데……그때 들었었죠. 그건 개인의 소유물이니 교섭할 수 없다고."

"그러고 보니 그런 일이 있었군."

"그 녀석들은 이쪽에 관해 잘 몰라요. 지금 간절히 바라는 거라면 비행정이잖아요? 하지만 그건 마왕님…… 아니, 얼티밋 매지션즈의 소유입니다. 그걸 이용한 거죠."

"와…… 역시 나라의 대표가 될 만하시네요, 나바르 씨."

"칭찬해주셔도 보답은 못 해드립니다."

나바르 씨는 웃어넘겼지만 이건 거짓이 아닌 본심이다.

법의 허점을 찌르는 교섭, 이쪽의 정보를 숨기고 상대의 빈틈을 얻어내는 수완.

전부 훌륭했다.

그렇게 생각한 것은 나뿐만이 아니었다.

"그때도 이 정도의 교섭을 해줬더라면 진행이 빨랐을 텐데."

"너…… 너무 그러지 마세요, 전하. 그리고 그때는 그 애송이가 있던 탓에 조금 감정적이 됐었으니까요."

"뭐, 그런 거로 해두지."

"그런 걸로 하는 게 아니라 그런 거라니까요! 잠깐만요, 전하!"

하오 씨와의 교섭에서는 무적인 것 같았던 나바르 씨도 오그 상대로는 속수무책이네.

하긴, 우호국의 왕태자이니 너무 강하게 나올 수는 없겠지.

그런 이야기를 나누며 유황전을 나오자 왔을 때 탔던 마차가 한 대도 보이지 않았다.

"흠. 우리에게 빌려줄 마차 따윈 없다는 뜻인가."

아무리 그래도 우리는 손님인데.

이런 대우를 받다니, 우리를 상당히 적대시하는 건가?

"뭐 어떻습니까? 이만큼 적시해주는 편이 알기 쉬워서 좋죠."

하지만 마차 없이 어떻게 할까 고민하고 있으니 샤오린 씨가 말을 걸었다.

"여러분…… 조금 걸어야 하지만 저희 집에 오시겠어요? 숙박도 저희 집에서 하시면 되니까요."

"오, 정말입니까? 이 상태를 보아하니 여관을 잡을 수 있을지도 의아했는데 잘 됐군요."

"네! 부디 와주세요. 그럼 이쪽입니다."

샤오린 씨는 그렇게 말한 뒤 우리의 앞을 걷기 시작했다.

아무리 그래도 너무 방심한다고나 할까 망설이지 않고 성큼성큼 나아가는 샤오린 씨.

그 바로 뒤를 사절단 사람들이 따르고, 그 뒤로 우리가 뒤를 있었다.

경계하면서.

"오그."

"알고 있다."

오그에게 말을 건 것은 우리에게 적의를 품은 집단이 있기 때문.

교섭이 잘 풀리지 않았다지만 난데없이 실력 행사에 나설 줄이야.

"적의를 전혀 숨기려 하지 않는군."

"그러게. 이 나라에는 색적 마법이 없는 걸까? 이렇게 기척을 다 드러내면 금방 들킬 텐데."

우리는 적의를 감지하며 샤오린 씨와 사절단을 감싸듯 흩어졌다.

그리고 알고 있다는 듯이 자객이 있는 방향으로 시선을 보냈다.

얼핏 보면 아무도 없는 것처럼 보이지만 색적 마법에는 상대의 마력이 확실히 보인다.

설마 들킬 줄 몰랐는지 시선을 보내자 놀란 듯이 마력이 흔들리고는 멀어져갔다.

도망쳤군.

"……? 시실리 님, 왜 그러세요?"

샤오린 씨의 옆에서 경계하던 시실리에게 샤오린 씨가 무슨 일인지 물었다.

오히려 질문을 받은 시실리가 놀랐다.

"그게…… 샤오린 씨, 우리를 노리는 사람이 있잖아요? 언제 공격할지 알 수 없으니 경계했었어요."

"고…… 공격이요?!"

"……?! 어…… 어떻게 된 거지?!"

샤오린 씨만이 아니라 역전의 전사 같았던 리판 씨도 놀랐다.

정말로 색적 마법을 모르는 모양이다.

"우리는 멀리 떨어진 곳에 있는 사람의 마력을 감지할 수 있어요. 이 주위에 적의를 품은 마력이 잔뜩 있었거든요."

"마력을?!"

"네. 하지만 노리고 있다는 것을 알고서 바로 경계하는 모습을 보였고, 숨어 있는 자객에게 시선을 보냈더니 놀라서 도망쳐서 이제는 괜찮을 거예요."

그런 내 말에 샤오린 씨보다 리판 씨가 더 놀랐다.

"그…… 그런 술법이……."

"마법의 문화가 우리와는 상당히 다른 방향으로 발전한 모양이네요."

"아무래도 그런 것 같네요."

"하지만 이렇게 되면 샤오린 씨의 집에서도 경계를 게을리할 수는 없겠어요."

"그렇……겠네요."

나라에서 불합리한 법령을 강요하고 심지어 목숨까지 노린다.

샤오린 씨는 지금 어떤 심경일까.

눈앞의 위기가 사라진 뒤에도 샤오린 씨는 침울하게 터벅터벅 걸었다.

그리고 이윽고 커다란 집이 보였다.

다만.

"도착했어요. 여기가…… 어?"

샤오린 씨가 가리킨 곳은 그 커다란 집이었는데…… 그 집 앞에서 뭔가 소동이 일어난 듯했다.

한쪽은 병사 같은데 다른 한쪽은…….

"무, 무슨 일입니까!"

그 소동을 본 샤오린 씨가 재빨리 달렸다.

그러자 병사와 다투던 사람이 외쳤다.

『샤오린 아가씨?!』

무슨 말인지는 모르겠지만 샤오린이라는 말은 들렸다.

그렇다면 저쪽이 샤오린 씨 쪽 사람일까?

『대체 무슨 일인가요?!』

다툼에 끼어든 샤오린 씨는 병사에게 무언가 소리쳤다.

그러자 병사는 이쪽을 노려본 뒤 혀를 차며 어딘가 떠나갔다.

뭐였던 거지?

"대체 무슨 일인가요?"

"모르겠어요. 집안사람에게 물어보지 않으면."

"역시 이 사람들은 샤오린 씨 쪽 사람들이었군요."

"저희 쪽 고용인이에요."

『대체 무슨 일이 있었던 거야?』

우리에게 설명한 뒤 바로 고용인들에게 무어라 말을 걸었다.

그리고 한동안 대화를 나눈 뒤 우리에게도 설명해주었다.

"아무래도 돌연 병사들이 찾아와 집안을 살펴보겠다고 말했다는 모양이에요."

"아…… 여기까지 실력 행사하러 온 건가?"

"그건 모르겠어요. 어쩌면 목적은 저희 창고에 보관된 용가죽일지도 모르고……."

"그럴 수도 있겠군. 우리가 가져갈 바에야 차라리…… 라고 생각해도 이상하지 않지. 그리고 그걸 우리가 도착하기 전에 실행하려 했지만 실패. 그렇게 된 것 아닐까?"

"그 자객들은 우리를 붙잡아두기 위해서?"

"그럴지도 모르지. 여차하면 목숨을 빼앗아 우리가 여기에 온 흔적을 없애면 되니까. 만약 문의가 있다 해도 그런 자들은 오지 않았다고 우기면 끝이니 말이야."

"……샤오린 씨. 샤오린 씨에게는 죄송하지만 이 나라가 싫어질 것 같네요."

"상관없어요. 저는 이미 예전부터 싫어했으니까요."

무심코 나온 본심에 샤오린 씨도 동의했다.

하지만 어쩔 수 없는 일일지도.

예전부터 나라가 불합리한 일을 강요했으니까.

"그건 그렇고, 들어오세요, 여러분. 대접해드릴게요!"

샤오린 씨는 그렇게 말한 뒤 고용인들에게 무언가 이야기했다.

그러자 놀란 표정으로 이쪽을 본 뒤 깊숙이 고개를 숙였다.

그리고 공손하게 우리를 안내했다.

"자…… 들어가세요. 개별적인 방은 부족해서 커다란 방에 남녀가 따로 들어가는 정도겠지만요……."

"괜찮아요. 새벽이슬을 피할 수 있는 것만으로도 충분하죠."

"그렇게 말씀해주시니 감사합니다. 그리고…… 짐을 놓은 뒤 부탁이 있는데요……."

샤오린 씨의 부탁이라면.

"언니의 치료 말인가요?"

"……네."

내 말을 긍정한 샤오린 씨는 애원하는 눈빛으로 시실리를 보았다.

시실리는 생긋 미소 지었다.

"알겠어요. 바로 갈게요."

"감사합니다! 그럼 우선 짐을…… 아, 시실리 님은 짐이 없으시군요."

"네. 바로 가죠. 다른 분은 방으로 가주세요. 죄송하지만 신 군이 함께 가도 괜찮을까요?"

"언니에게는 시실리 님의 부군이라고 설명할 테니 괜찮을 겁니다."

"그럼 안내 부탁드려요."

"알겠습니다."

이렇게 나와 시실리만 다른 사람들과는 별개로 샤오린 씨의 언니가 있는 방으로 갔다.

샤오린 씨의 집은 이룽의 다른 집과 마찬가지로 2층 구조인데 바닥은 마루 형태였다.

방문은 장지 등의 미닫이는 아니었지만.

그렇게 몇 개의 방을 지나 어떤 방 앞에서 멈췄다.

"이 방이에요."

샤오린 씨는 그렇게 말한 뒤 긴장한 얼굴로 문을 두드렸다.

그러자 안에서 남성의 목소리가 들려 왔다.

『샤오린입니다.』

샤오린 씨가 그렇게 말하자 방 안에서 덜컥 소리가 나며 바로 문이 열렸다.

문 안에서 나타난 사람은 스물 중반 가량의 남성.

살짝 긴 흑발에 자상해 보이는 사람이다.

『—?』

『―.』

밖으로 나온 남성과 샤오린 씨가 무언가 이야기하고 있지만 처음에 『샤오린』이라고 말한 것만 알아들었다.

한동안 흥분한 남성과 이야기하더니 이쪽을 돌아보며 손으로 가리키고는 다시 무언가 이야기했다.

"실례했습니다. 이쪽은 언니의 남편인 융하 형부입니다."

『―! ―!』

"융하입니다. 잘 부탁드립니다. 하고 말했습니다."

남성이 고개를 숙이며 무언가 이야기했는데, 자기소개였구나.

그럼 이쪽도.

"저는 신입니다. 이쪽은 제 아내인 시실리. 이번에 사모님 치료를 담당합니다."

"잘 부탁드려요."

"이번에 치료하는 건 시실리지만, 저는 시실리의 치유 마법의 선생님입니다. 그러니 이번에 동석하는 것을 허락해주세요."

『그러시군요. 여차할 땐 잘 부탁드립니다.』

샤오린 씨의 통역과 중개로 자기소개를 한 뒤 이번 치료에 내가 동석할 것을 부탁하자 승낙해주었다.

『그럼 안으로 들어오시죠.』

융하 씨의 허락을 받고 나와 시실리는 방 안으로 들어갔다.

거기에는 샤오린 씨보다 더 성숙한 여성이 침대 위에 있었다.

하지만 상반신을 일으키고 있던 것을 보면 전혀 움직일 수 없는 상태는 아닌 듯하다.

그 여성은 샤오린 씨를 보자마자 눈가가 젖어 들며 두 팔을 벌려 다가온 샤오린 씨를 강하게 안았다.

그리고 두세 마디 나눈 뒤 두 사람은 모두 이쪽을 보았다.

"신 님, 시실리 님. 이쪽이 저희 언니인 스이란입니다."

"스이란— 입니다. 잘 부탁드려요."

"어…… 스이란 씨는 말을……."

"언니도 저와 마찬가지로 서방의 언어를 공부했으니까요. 조금은 할 줄 압니다."

"그러시군요. 저는 신이라고 합니다. 이쪽은 아내인 시실리. 이번 치료는 시실리가 담당합니다."

"시실리입니다. 잘 부탁드려요."

"잘— 부탁— 드립니다."

더듬거리지만 통역 없이 대화를 나눴다.

우리는 서방의 공통어밖에 할 줄 모르는데 굉장하다.

『—.』

『—.』

샤오린 씨와 스이란 씨는 무언가 대화를 나누고서 잠시 후 다시 이쪽을 보았다.

"시실리 님의 치유와 신 님의 보조를 확인했습니다. 그럼 서둘러 치료를 시작해주셨으면 하는데……."

"아, 네! 알겠습니다."

시실리는 그렇게 말한 뒤 스이란 씨가 누운 침대로 다가가 이불을 들췄다.

이불에 손을 댔을 때 이쪽을 보았기에 나와 리판 씨는 몸을 돌려 그쪽을 보지 않도록 했다.

융하 씨는 스이란 씨의 남편이라 그대로 지켜보는 듯하다.

얼마 후 시실리의 「굉장해」라든가 「그래서 이런……」이라는 목소리가 들렸다.

"시실리, 어때? 괜찮겠어?"

한동안 진찰하던 시실리에게 말을 걸어보았다.

"아, 네. 이 부적 덕분일까요…… 치료원에 왔던 분과 거의 비슷한 상태를 유지하고 있어요."

그렇다고 한다.

부적이라는 게 그렇게 굉장한 건가?

그렇게 생각해서 함께 있던 리판 씨에게 말을 걸었다.

"저기, 부적은 어떻게 그것만으로 기동하고 그 상태를 유지할 수 있는 거죠?"

"부적은 마석을 잘게 부순 것과 먹을 섞어 사용한다. 기동할 땐 마력이 필요하지만 한번 기동하면 마석의 마력이 사라질 때까지 유지되지."

"오. 마석을 그렇게 다루는군요."

"이 지역은 의외로 마석이 꽤 나오니까. 엘스에 있을 때 마석이 시장에 나온 것을 본 적이 있는데, 가격이 상당해서 경악했었지. 여기에서는 마석을 더 싼값에 살 수 있다."

"그렇구나. 그렇다면 이 나라에 화산이라든가 단층이 많은가 본데."

마석은 고온, 고압이 있어야 많이 생성되니까.

그렇게 생각하고 혼잣말을 했는데 리판 씨가 그 혼잣말을 듣고서 설명을 덧붙여주었다.

"있기는 하지만 그리 많지 않다. 마석 광산이 있어서 거기서 상당한 양의 마석을 채석하지."

"……네?"

마석 광산?

마석을 전문으로 채굴하는 광산이 있다고?

"그게 무슨……."

『―!』

내가 마석 광산에 관해 물으려 할 때, 뒤에서 큰 목소리가 들렸다.

순간 그쪽을 보려고 했지만 「아직 여길 보면 안돼요!」라는 시실리의 목소리로 간신히 멈췄다.

한동안 기다리자 돌아봐도 괜찮다는 허락이 떨어져 그쪽을 바라보니 눈물을 흘리며 부둥켜안은 스이란 씨와 융하 씨, 그리고 그 모습을 바라보며 눈물을 흘리는 샤오린 씨의 모습이 눈에 들어왔다.

"시실리?"

그 세 사람 옆에 있던 의자에 앉아 안도한 표정의 시실리에게 말을 걸자 시실리는 이쪽을 보며 생긋 미소 지었다.

"병은 고쳤어요. 이제 괜찮아요."

"그렇구나. 고생했어, 시실리."

"아니요. 신 군 덕분이에요. 신 군이 알려준 덕분에 스이란 씨의 병을 고칠 수 있었으니까요."

"하지만 애쓴 건 시실리잖아. 그러니 더 당당해져도 돼."

나는 그렇게 말하며 시실리의 어깨에 손을 얹었다.

그러자 시실리는 내 손에 자신의 손을 얹었다.

"네. 고마워요, 신 군."

그렇게 말하는 시실리의 얼굴은 살짝 부끄러운 듯하면서도 기뻐 보였다.

스이란 씨의 병도 무사히 고칠 수 있었고, 시실리의 자신감도 커졌다.

이쪽은 잘 마무리됐네.

그렇게 생각한 나는 리판 씨에게 방금 이야기를 물으려 했다.

"그러고 보니 아까 이야기 말인데요……."

그렇게 도중까지 말한 순간, 스이란 씨와 융하 씨가 흥분한 듯이 이야기한 뒤 융하 씨가 다급히 밖으로 달려나갔다.

뭐, 뭐지?

"죄송해요, 신 님. 언니와 형부가 여러분께 꼭 보답하고 싶다고 해서 저녁때 잔치를 열어 환대하고 싶다며 형부가 밖으로 나가셨어요."

아, 그렇구나.

무슨 일인가 싶어 깜짝 놀랐다고.

그렇게 생각해 융하 씨가 밖으로 나간 문을 보고 있으니 스이란 씨가 말을 걸었다.

"시실리— 님. 신— 님. 감사— 합니다."

그렇게 말하며 깊숙이 고개를 숙인다.

그런 스이란 씨를 본 시실리는 의자에서 일어나 스이란 씨의 어깨에 손을 얹었다.

"고개를 드세요, 스이란 씨. 저는 제가 할 수 있는 일을 했을 뿐이니까요."

그렇게 말하며 미소 짓는 시실리.

그런 시실리를 본 스이란 씨가 무언가 중얼거렸다.

그 목소리를 들은 샤오린 씨가 웃음을 터뜨렸다.

뭐지?

"아, 죄송해요. 지금 언니가 시실리 님을 『천녀님』이라고 했거든요. 시실리 님은 어딜 가도 그렇게 보이는구나 싶어서요."

"천녀?"

"쿠완롱에서는 그쪽에서 말하는 성녀님을 천녀님이라고 해요."

"그렇구나."

"신께 사랑받는 여성이나 신과 같은 여성이라는 의미에요.

그러고 보니 신 님은 마법사의 왕이 아니라 신의 사자라고도 불린다면서요? 그렇게 생각하면 신 님과 시실리 님은 정말 잘 어울리시네요."

샤오린 씨는 그렇게 말한 뒤 스이란 씨에게 무언가 속삭였다.

스이란 씨는 샤오린 씨의 말을 듣고서 나와 시실리를 보며 고개를 끄덕였다.

방금 그 이야기를 스이란 씨에게도 했구나.

그보다, 그런 이야기는 퍼트리지 않았으면 좋겠는데.

그렇게 잠시 스이란 씨와 대화를 나눴다. 병이 나았다지만, 아직은 몸을 추스를 때.

체력도 상당히 소모된 모양이니 한동안 쉬라고 말하며 우리는 스이란 씨의 방을 나왔다.

샤오린 씨와 리판 씨는 계속해서 방에 남겠다고 했다.

방을 나온 뒤 아까 모두를 안내한 고용인이 방 앞에서 대기하고 있다가 우리를 안내해주었다.

그보다 샤오린 씨나 리판 씨가 없으면 이야기가 통하지 않는데.

하긴 방을 안내해주는 것뿐이라면 괜찮겠지.

그렇게 생각하고 고용인의 뒤를 따랐다.

얼마 후 숙박을 위한 방이 아니라 응접실과 같은 곳에 도착했다.

거기엔 이미 모두가 편안한 복장으로 하고서 기다리고 있었다.

"신, 시실리. 끝났어?"

마리아가 주스를 마시며 말을 걸었다.

"응. 무사히 스이란 씨…… 샤오린 씨의 언니를 치료했어."

"네. 무사히 치유할 수 있었어요."

나와 시실리가 그렇게 말하자 다들 감탄했다.

특히 엘스의 사절단 사람들은 확연하게 안도한 표정이었다.

"그것참 다행이군요. 그래서, 언니분과 자세한 이야기를 나눌 수 있을까요?"

"아직 체력 회복이 필요하지만 잘 먹고 잘 쉬면 바로 회복할 수 있을 거예요."

나바르 씨의 질문에 시실리가 그렇게 답하자 안도한 표정에서 기쁜 표정으로 바뀌었다.

"다행입니다. 그럼 나중에 용 가죽 거래에 관해 상담해야겠군요. 이번에 성녀님께서 애써주신 덕분에 이쪽이 유리하게 이야기를 이어나갈 수 있을 것 같군요."

"도움이 됐다면 다행이에요. 하지만 스이란 씨는 이제 막 병이 나아 기뻐하고 계시니 되도록 무모한 요구는 하지 말아주세요."

"하, 하하하. 그거야 당연히 알고 있죠!"

나바르 씨는 그렇게 말했지만 입가가 움찔거리는 것을 확실하게 보았다.

……그럴 생각이었구나.

시실리와 이야기를 나눈 뒤의 나바르 씨가 갑자기 사절단 사람들과 회의를 시작하는 걸 보면 요구할 내용을 살짝 변경하려는 거겠지.

정말이지, 이익을 얻을 수 있는 상황이 오면 어디까지 파내려는 건지…….

"아."

파낸다고 하니 떠올랐다.

아까 리판 씨에게 물어보려 했던 것을 깜빡 잊고 있었다.

"왜 그러지, 신."

"아니, 실은 아까 리판 씨한테서 굉장한 이야기를 들었는데."

내가 그렇게 말하자 말을 걸었던 오그만이 아니라 나바르 씨를 포함한 사절단도 이쪽에 흥미를 보였다.

굉장한 이야기라는 말에 민감하게 반응하잖아.

"오? 그래서? 굉장한 이야기라는 게 뭡니까?"

나바르 씨는 돈 냄새를 맡았는지 환한 미소를 떠올렸다.

"실은 아까 이 나라에서 사용되는 부적에 대해서 들었는데요."

"……에이, 마법에 대한 이야기였나요."

나바르 씨는 돈벌이인가 싶었는데 막상 시작된 것이 마법 이야기여서 갑자기 흥미가 식은 표정을 했다.

너무 노골적이잖아.

"실은 그 부적 말인데, 일단 기동하면 한동안 효과가 지속
된대."

"그러고 보니 제가 떼어냈을 때도 아직 마력의 움직임이
느껴졌어요."

"흠."

시실리의 말에 대답한 사람은 앨리스.

그다지 이해하지 못한 것 같네.

하지만 그걸 알아차린 사람도 있었다.

"자, 잠깐만! 떼어낸 뒤에도 효과가 지속됐어~? 사람과 멀
어져도 그렇다는 거야~?!"

유리가 흥분한 태도로 물었다.

역시 유리라면 알아차리겠지.

"그건 이상하다! 그것도 마도구 아닐까? 마도구라면 사람
손에서 벗어나면 기동하지 않게 됨!"

본가에서 마도구 제작도 하는 마크도 그 이상함을 깨달았다.

"확실히 사람 손에서 벗어나도 마도구가 계속 기동하는 건
마석을 사용하는 경우……뿐."

오그도 거기까지 말하고서 깨달은 듯하다.

"설마 그 부적은."

"그래. 마석 가루를 섞은 먹으로 적었다고 해."

그 말에 제일 먼저 반응한 것은 나바르 씨였다.

"마석을 먹에 섞는다고요?! 무슨 아까운 짓을!"

그 얼굴은 진짜로 크게 화난 표정이었다.

알스하이드 왕도에 있는 월포드 상회에서 세정 기능이 있는 변기를 발견했을 때 이후 처음이었다.

왜 이야기해주지 않았냐며 따졌을 때와 같은 얼굴.

그런 나바르 씨의 의견에 마도구를 제작하는 사람인 유리와 마크도 동의했다.

"정말 그렇다니까~. 그런 짓을 하면 그 부적 한 장이 얼마나 될지 상상도 할 수 없는 가격이 될 텐데~."

"그걸 마련할 정도로 샤오린 씨의 집이 유복하다는 검까……"

확실히 나도 처음엔 그렇게 생각했다.

하지만.

"그게 말이지…… 실은 그렇지도 않은 모양이야."

"""응?"""

나바르 씨, 유리, 마크 세 사람의 목소리가 동시에 울렸다.

"아까 리판 씨한테 들었어. 엘스에서 마석을 보고 그 가격에 깜짝 놀랐대."

"가격에…… 그렇다면!"

역시 오그가 제일 먼저 알아차렸다.

"그래. 너무 비싸서 깜짝 놀랐다는 거지."

내 말에 모두가, 특히 나바르 씨가 숨을 죽이는 것이 느껴졌다.

"아까 물어보니 마석 광산이라는 게 있다고 해. 거기서 상당한 양의 마석이 채굴된다고……."

거기까지 말했을 때 나바르 씨가 덥석 어깨를 잡았다.

"나…… 나바르 씨?"

"마왕님! 그거 엄청난 얘기 아닙니까!"

지금까지 본 적 없을 정도의 표정으로 소리쳤다.

"이거 엄청난 일이구먼! 용 가죽도 그렇지만 마석을 싼값에 들일 수 있다는 정보는 아무에게도 넘겨줄 수…… 아."

나바르 씨는 그렇게 말한 뒤…… 뻣뻣하게 고개를 돌려 오그의 얼굴을 보았다.

오그는 씩 웃고는 악당 같은 표정을 했다.

"미안하군, 나바르 외교관. 이쪽도 확실히 들었다. 우리도 마석 매수에 참가하지."

그 말을 들은 나바르 씨는 무릎을 털썩 꿇었다.

"마석을 독점 판매하게 된다면 엄청나게 벌 수 있을 텐데……."

그렇게 말하며 절망에 빠진 나바르 씨였지만.

"아니, 딱히 독점하지 않아도 마석 교역 루트를 세우면 그것도 상당한 공적이지. 차기 대통령 자리를 노릴 수 있을 정도가 아닐까?"

그렇겠지.

싼값에 팔릴 정도로 마석이 발굴되는 광산과 거래할 수 있다면 독점이 아니더라도 큰 돈벌이가 될 것이 분명하니까.

그런 서쪽 대륙이 첫 거래에 가담했다면 굉장한 공적이겠지.

그걸 깨달았는지 나바르 씨는 바로 부활해서는 사절단 사람들을 불러 모았다.

"자, 꾸물댈 시간 없어! 바로 마석 교역에 관한 회의를 시작하자!"

그렇게 말하자마자 나바르 씨는 사절단 사람들과 회의를 시작했다.

"이것 참, 이런 일이 있을 줄이야. 용 가죽 거래는 처음에 이야기를 들었던 엘스에 우선권이 있다고 생각해 주장하지 않았다만, 마석에 대한 것은 그럴 수는 없지. 우리도 참가하겠다."

"뭐 그걸 정하는 건 내가 아니지만. 결국 교섭도 이쪽의…… 음…… 마석상이 있는 걸까? 그 사람들과 이야기해야 하잖아?"

"아니, 가능하면 마석 광산과 직접 거래하고 싶군. 그건 어디에 있지?"

"그건 아직 들은 게 없어. 그리고……."

"그리고?"

"조금 신경 쓰이는 일이 있어."

내가 그렇게 말하자 오그는 입을 다물었다.

"왜?"

"아니, 네가 신경 쓰인다고 하면 좋은 일이 아니니…… 듣는 게 무섭군."

말은 그렇게 해도.

이 일이야말로 내가 아니라 오그가 들었어도 신경 쓰였을 이야기일 거라고.

"실은 그만큼 마석이 나오니까 분명히 이 나라에 화산이나 단층이 많을 거라고 생각했어. 그런데……."

"잠깐, 설마 그렇지 않다고? 아니면 네 가설이 틀렸던 건가?"

"그건 아니야. 실제로 실험해서 확인했으니 마석 생성에 고온, 고압이 필요한 건 분명해."

"그렇다면……."

"응. 이 나라에는 그만한 화산과 단층이 많지 않다고 해."

이 이야기를 하니 다들 조용해졌다.

"어? 어떻게 된 거야?"

앨리스는 알 수 없어서 침묵한 모양이다.

그런 앨리스를 보고서 린은 한숨을 쉬었다.

"앨리스. 월포드 군이 말한 조건으로 마석이 생성되지 않는다는 뜻."

"어? 어째서?"

"그러니까 이상하다는 거지."

린의 설명으로도 이해하지 못한 앨리스에게 토니가 추가로 설명했다.

"마석 생성에는 신 님이 발견한 조건이 필요한 건 분명합니다."

"하지만 그렇지 않은데도 마석이 나온다는 건 어떤 뜻이라고 생각하오?"

토르와 율리우스의 질문에 앨리스는 살짝 생각에 잠긴 뒤 이렇게 말했다.

"누가 묻어뒀나?"

그렇게 말한 뒤 자신도 그건 아니라고 생각했는지 「농담이었어, 하하하」 하고 웃는 앨리스.

하지만.

"꼭 틀렸다고만 말할 수 없을지도 모르지."

"으잉?"

말한 본인인 앨리스는 설마 그런 말을 들을 줄은 몰랐는지 얼빠진 표정으로 굳어버렸다.

그리고 올리비아가 결정적인 말을 했다.

"다시 말해 마석 광산에는 마석을 생산하는 유적이 있을지도 모른다는 이야기죠?"

"정확하게는 마석을 생성하는 장치일까?"

나는 방 안쪽에서 열심히 회의하는 엘스 사람들을 보며 그렇게 말했다.

"이 이야기는 엘스만이 아니라 샤오린 씨 쪽에도 하지 않는 편이 좋겠어. 말하면 큰 불씨가 될지도 몰라."

"그럼……."

올리비아가 조심스럽게 물었다.

"그 장치를 둘러싸고 전쟁이 일어날지도 몰라."

"저…… 전쟁……."

"어쨌든 쿠완롱 쪽도 마석 생성 조건을 모르는 것 같군. 어쩌다 마석이 잔뜩 나오는 광산을 찾았다 정도의 인식이겠지. 그렇지 않다면 아까 회담에서 마석을 교역 조건에 넣지 않은 게 이상하다. 우리에게는 그만큼 중요한 카드니까."

"그러게."

방금 회담에서 쿠완롱 측은 용 가죽과 비행정만 의식을 집중했다.

아마도 쿠완롱에서는 마석이란 그 광산에서 얼마든지 채굴할 수 있는 흔한 자원이겠지.

그래서 신경 쓰지 않았다.

그리고 그 사실은 우리에겐 상당히 유리하다.

쿠완롱이 깨닫지 못한 사이에 마석 광산과 직접 계약해 마석을 싼값에 매입한다.

그리고 그걸 알아차렸을 때는 이미 늦어버린 뒤.

…….

"뭐랄까, 악덕 상인이 된 기분이네……."

"사업 거래는 그런 식이지. 어떻게 상대로부터 원하는 물건을 저렴하게 매입할 수 있을까 계속 고민해야 한다."

"그건 그런데, 어쩐지 속이는 것 같아서……."

"이쪽이 말하지 않았을 뿐, 상대가 깨닫지 못했을 뿐이지

거짓말이 아니다. 다시 말해 속이는 게 아니지."

"궤변같아."

"궤변이지."

"알면서 그렇게 말하는 게 무섭다고."

"칭찬 고맙군."

"칭찬 아니라고."

무서워.

무섭다고. 상인과 왕족.

난 이런 교섭은 무리다.

나도 모르게 상대를 배려하게 될 것 같다고나 할까…….

월포드 상회에서도 그런 교섭 관련된 일은 전부 전문가에게 맡겨 놨다.

나는 상품 개발만 하면 된다는 거지.

적재적소니까.

나바르 씨 쪽도 마석 일은 교섭하는 자리에서 꺼내지 않기로 의견이 일치했는지 빠르게 이야기가 정리됐다.

그렇게 새로이 회의하는 중 응접실 문을 노크하는 소리가 들렸다.

"네, 들어오세요."

나의 대답으로 들어온 사람은 샤오린 씨와 리판 씨, 그리고 스이란 씨와 융하 씨였다.

함께 들어온 스이란 씨를 보고서 시실리가 다급히 소파에서 일어났다.

"안돼요, 스이란 씨! 아직 안정을 취하셔야!"

시실리는 그렇게 말하며 바로 소파에 스이란 씨를 앉혔다.

그 소파에 앉아 있던 마리아와 앨리스는 자리에서 일어나 반대쪽 소파의 뒤에 섰다.

"죄송해요. 언니께서 꼭 여러분과 이야기하고 싶다고 고집을 부려서⋯⋯."

"금방— 끝낼게요."

스이란 씨는 그렇게 말한 뒤 샤오린 씨에게 무어라 말했다.

그 내용은.

『사업 이야기를 하고 싶습니다.』

그렇다고 한다.

"사업 이야기요. 그럼 용 가죽의 가격과 거래량에 대해서 이야기해볼까요."

나바르 씨가 그렇게 말했지만 스이란 씨는 의외로 고개를 가로저었다.

『용 가죽 이야기가 아니에요.』

스이란 씨는 우리를 가만히 들여 보며 입가를 올렸다.

『마석에 관해서입니다.』

그 순간 우리 사이로 긴장감이 감돌았다.

설마 스이란 씨는 마석이 서쪽 제국에서 비싸게 거래된다는 것을 알고서⋯⋯.

그렇게 생각해 샤오린 씨를 보자 쓴웃음을 떠올렸다.

그렇구나. 아까 리판 씨가 말했었잖아.

엘스에서 마석을 봤다고.

리판 씨가 외국에서 샤오린 씨를 혼자 두고 돌아다녔을 것 같지는 않다.

그렇다면 그때 샤오린 씨도 함께 있었을 터.

그렇다면 우리와 같은 생각을 해도 전혀 이상하지 않다는 건가.

그렇게 생각해서 리판 씨를 보니…….

어쩐지 창백한 얼굴이다.

왜 그러지?

"신 님, 한 가지 여쭙고 싶은데 쿠완롱에서 마석 구입 금액에 대해서 뭔가 들으신 게 있으신가요?"

"네? 네. 구체적인 금액은 모르지만 상당히 저렴하다고."

"하아…… 역시."

응?

사실은 비밀로 해두고 싶었던 건가.

그것을 리판 씨가 깜빡하고 말하는 바람에 우리에게 정보가 들어갔다.

그래서 리판 씨의 표정이 좋지 않구나.

나중에 리판 씨가 혼나지는 않을까 동정하고 있으니 씁쓸한 미소를 떠올렸던 샤오린 씨가 입을 열었다.

"리판은 호위로서는 상당히 우수하지만, 사업에 참여하지 않았으니까요. 뭐, 입막음하지 않았던 제게도 잘못이 있으니 리판 탓할 수는 없지만요."

입막음하지 않았던 건가.

그럼 뭐라고 말하기 어렵겠지.

오히려 샤오린 씨가 스이란 씨에게 혼나지 않을까?

어쩌면 이렇게 바로 마석 이야기를 꺼냈다는 것은 이미 크게 혼났으려나?

『원래는 이쪽에서 마석 구입액을 알려주지 않고 값을 부르려 했지만, 당신들은 생명의 은인입니다. 그 은혜를 저버릴 수 없어요. 그러니 샤오린과 리판을 탓할 생각도 없습니다.』

아, 샤오린 씨와 리판 씨가 확연하게 안도한 표정을 한다.

그렇다면 아직 혼나지 않았구나.

『그럼 아마도 여러분은 쿠완롱에서 마석을 저가로 사들여 그쪽 나라에서 고가로 팔 것을 검토하고 계실 테죠.』

"뭐, 지금 막 그 이야기를 하던 참입니다."

나바르 씨가 그렇게 말하자 스이란 씨는 이해했다는 듯이 고개를 끄덕이고는 말을 이었다.

『하지만 마석을 구입할 곳이 있나요?』

"그건……."

『처음부터 찾기란 힘들겠죠. 어디 마석이 싼지, 어느 업자가 믿을만한지. 그것을 알아보는 것만으로도 힘겨울 겁니다.』

스이란 씨는 잠시 뜸을 들인 뒤 이렇게 말했다.

『그러니 저희에게 중개를 맡겨주시겠습니까?』

"중개요……."

『네. 당신들은 용 가죽을 매입하러 오셨다고 들었습니다. 하지만 그 교섭은 난항을 겪고 있지 않나요?』

"난항이라기보다 상대가 제대로 답해주지 않는 상황입니다."

『그렇겠죠. 하오에게는 어떤 꿍꿍이가 있으니까요.』

"꿍꿍이?"

"네, 그건……."

스이란 씨의 말을 듣고서 샤오린 씨와 리판 씨가 제일 먼저 놀랐다.

두 사람도 몰랐던 내용인가?

그리고 놀라면서도 우리에게 통역해주었다.

『하오의 목적은…… 용 가죽 업자가 자금 부족으로 전멸할 때를 노려 법령을 폐지하고 용 가죽의 이익을 독점하는 것이니까요.』

그 말을 듣고서 우리는 말문이 막혔다.

용 가죽은 이쪽에서도 고급품이라고 들었다.

확실히 그 이익을 독점할 수 있다면 어마어마한 재산이 손에 들어온다.

그러나 자신의 사리사욕을 위해 법률까지 바꾸려 하다니. 엄청난 악당이다.

『하오는 제가 용 가죽 조합을 만들어 이익을 얻기 시작한 것으로 용 가죽에 주목하기 시작했습니다. 이전까지 용에 아무런 흥미도 없었으면서.』

스이란 씨도, 통역하는 샤오린 씨도 분한 듯했다.

『녀석은 호시탐탐 기회를 엿봤습니다. 하필 그때, 제가 병으로 쓰러지는 바람에…….』

끼어들 여지를 주고 말았다는 건가.

『깨달았을 때는 이미 늦었습니다. 마침 조합이 어수선한 시기여서 아무도 하오를 막지 못했습니다.』

"좀처럼 볼 수 없는 쓰레기네. 그 자식."

이익을 우선시하는 엘스의 나바르 씨도 하오의 수법은 조금도 인정할 수 없는 모양이다.

크게 화를 낸다.

『그런 사람입니다. 간단히 고개를 끄덕일 것 같지는 않아요. 어쩌면 이번 용 가죽 거래도 불가능할지도 모릅니다. 이미 업자 몇몇은 무너졌습니다.』

스이란 씨는 입술을 깨물며 그렇게 말했다.

『그래서 마석입니다. 마석은 이 나라에서 흔한 자원입니다. 하오도 마석은 전혀 안중에 없습니다. 이번에는 우리가 그 허점을 찌르고 싶습니다!』

스이란 씨는 그렇게 말하며 비틀비틀 소파에서 일어났다.

"스이란 씨!"

시실리가 다급히 손을 뻗었지만 스이란 씨는 나바르 씨와 오그의 손을 잡았다.

　『부탁입니다! 이 마석 거래는 저희에게 내려온 행운! 이 기회를 놓칠 수는 없습니다!』

　스이란 씨는 주위 시선을 아랑곳하지 않고 나바르 씨와 오그에게 애원했다.

　『부탁드립니다! 부탁드립니다!』

　샤오린 씨의 말에 따르면, 스이란 씨는 수완 좋은 사업가다.

　평소엔 이런 식으로 애원하지 않을 것이다.

　그런데 이렇게까지 필사적으로 부탁한다.

　나는 힐끔 오그와 나바르 씨를 보았다.

　오그와 나바르 씨도 서로를 마주 보았다.

　그리고 서로 미소를 떠올렸다.

　"스이란 씨. 고개를 드시죠."

　"이렇게까지 부탁한다면야 싫다고는 말할 수 없죠."

　그 말을 들은 스이란 씨는 고개를 들었다.

　『그…… 그럼!』

　"네. 알스하이드와……."

　"엘스의 마석 중개는 스이란 씨의 상회에 부탁하겠습니다."

　그 말을 들은 스이란 씨는 눈물을 주르륵 흘리기 시작했다.

　그리고 두 사람의 손에 이마에 대고서는.

　『감사합니다! 감사합니다…….』

그렇게 흐느끼고 말하며 주저앉아버렸다.

그런 스이란 씨를 보고서 시실리가 바로 치유 마법을 걸어주었다.

체력이 떨어진 상황에서 필사적으로 애원하느라 체력을 상당히 소모했을 것이다.

치유 마법을 받은 스이란 씨가 소파에 다시 앉았을 때는 살짝 녹초가 된 모습이었다.

"괜찮으세요? 너무 무리하지는……."

『괜찮습니다, 천녀님. 천녀님 덕분에 괜찮아졌어요.』

"그래요……."

살짝 힘이 없는 느낌이지만 미소를 떠올렸기에 시실리도 조금 안심했다.

샤오린 씨와 리판 씨, 융하 씨도 희망이 보이기 시작한 것에 안심했는지 눈에 눈물이 고여 있었다.

물건을 팔지 못하고 우회로조차 막혀버린 상황에서 찾아온 희망이니까.

기쁘기야 하겠지.

"그나저나 어쩐지 정에 휩쓸리고 말았군요……."

"뭐, 어떤가. 확실히 성가신 일은 사라진 셈이니."

"그건 뭐 그렇습니다만."

『저기…….』

오그와 나바르 시가 그런 대화를 나눌 때 다시 스이란 씨가 끼어들었다.

이번엔 뭐지?

『그쪽에는 다른 나라도?』

"네. 이번에 참가한 것은 우리 엘스와……."

"우리 알스하이드의 두 나라뿐이지만 조만간 다른 나라도 외교에 나설 거다."

『그렇다면.』

스이란 씨는 아까의 눈물이 뭐였던가 싶을 정도로 훌륭한 미소로 말했다.

『그 나라의 마석 중개도 우리 상회에 맡겨주세요.』

그 미소를 보고서 기가 막힌 나바르 씨와 오그.

그리고.

"이거, 한 방 먹었네요."

나바르 씨는 그렇게 말하며 웃었다.

우리도 장삿속이 밝은 스이란 씨를 보고서 웃음이 나오고 말았다.

통역하는 샤오린 씨는 무척이나 부끄러운 듯했다.

스이란 씨와 마석 중개에 관한 이야기를 한 날의 밤. 차려진 저녁 식사는 궁전에서 나온 것과 비교해도 손색이 없을 정도로 훌륭한 것이었다.

황제 앞이라 숨이 막히는 자리가 아니다 보니 다들 그 호화로운 음식을 마음껏 맛보았다.

잔치 자리에는 스이란 씨도 동석했다. 그녀는 다른 사람과 같은 음식은 먹을 수 없었지만 같은 테이블에서 함께 식사했다.

지금까지는 자신의 방 침대 위에서 식사했기에 식당에 모습을 드러낸 것으로 눈물을 흘리며 기뻐하는 고용인까지 있었다.

따르는 사람이 많았구나, 스이란 씨는.

즐거운 식사 자리에서는 술도 나오는 법이라 우리도 마셨다.

서쪽 제국에서 자주 마시던 에일이나 와인과는 다르게 어쩐지 약과 비슷한 맛이 난다.

"그건 찹쌀로 만든 술이에요. 쿠완롱에서 일반적인 술이죠."

다들 한 입씩 마시고 미묘한 표정을 한 탓인지 샤오린 씨가 그렇게 설명해주었다.

찹쌀이라.

중국의 소흥주 같은 걸까?

역시 이 나라는 중국 문화와 닮았다.

위치적으로도 알스하이드가 있는 서쪽에서 상당히 동쪽에 있고 독특한 문화가 성장한 느낌이다.

그렇다면 여기보다 더 동쪽에는 일본 같은 섬나라가 있을까?

어쩐지 지형으로 볼 때 서쪽 제국과 쿠완롱이 있는 대륙이 유라시아 대륙 같은 느낌이 들기도 하고, 어쩌면 남쪽에는 또 새로운 대륙이 있지는 않을까?

우리는 항상 목걸이를 한 채로 술을 마셨기에 살짝 취하는 정도였지만 나바르 씨 일행은 그 목걸이를 하면 취하지 않는다는 것을 깨닫고 일찍부터 벗어두었다.

그 결과, 얼큰하게 취했다.

……초대를 받은 집에서 고주망태가 될 정도로 마시다니.

아까 있었던 일로 마음을 활짝 열게 된 걸까.

상인 동료로서.

스이란 씨도 얼큰하게 취한 나바르 씨에게 사업 이야기는 전혀 하지 않았다.

이렇게나 취하면 자신에게 유리하도록 얼마든지 이야기를 끌어낼 수 있을 텐데.

아무래도 그건 예의에 어긋난다고 생각하는 거겠지.

그리고 스이란 씨도 천성이 상인인 모양이니 대등한 조건으로 교섭하고 싶을 것이다.

그렇게 오늘의 저녁 식사는 즐겁게 진행됐다.

다만 신경 쓰인 것은 이곳 밍 저택의 주위를 포위한 세력이 있다는 점이다.

그것은 우리만이 아니라 호위하는 사람들도 깨닫고 있어서 그 사람들은 일절 술을 마시지 않았다.

우리도 그것을 알고 있기에 목걸이를 풀지 않았다.

술주정부리는 나바르 씨 일행을 보며 웃고, 이따금 주위에 색적 마법을 전개해 숨어 있는 자들의 동향을 살피고, 다시 식사로 돌아온다.

그런 행동을 반복하다 보니, 어느새 식사 시간이 끝났다.

그리고 우리도 각자의 방으로 돌아가기 전, 샤오린 씨가 말을 걸었다.

"이따금 의식이 다른 곳에 향한 것처럼 보였습니다만……무슨 일이 있나요?"

색적 마법을 쓸 수 없는 샤오린 씨가 그렇게 말했다.

"아니요, 낮과 같은 놈들……인지는 모르겠지만 이 집을 둘러싼 놈들이 있거든요."

내가 그렇게 말하자 샤오린 씨는 깜짝 놀라며 경직됐다.

궁금해하는 스이란 씨에게 통역해주지 그녀도 마찬가지로 경직됐다.

그리고 깊은 한숨을 내쉬었다.

『이렇게까지 하다니……. 이 나라는 정말로 부패했어요.』

"이 나라 분을 앞에 두고 이렇게 말하긴 그렇지만 저도 그렇게 생각해요."

『부패한 것은 하오를 포함한 일부의 고위 간부뿐이지만……막을 수 없는 시점에서 다들 공범이나 마찬가지죠.』

신랄하네.

하지만 스이란 씨도 이 나라에서 부조리한 대우를 받은 피해자니까.

자신의 나라가 싫어진다 해도 무리가 아니지.

하긴 타인에게 그런 소리를 듣는 건 또 다른 문제겠지만.

『저희 사병에게 경계를 철저히 하도록 일러두겠습니다. 정말 화가 나요!』

스이란 씨는 정말로 화를 냈다.

그 모습은 오늘 처음 만난 내가 봐도 살짝 무서웠다.

만약 몸 상태가 정상이었다면 얼마나 무서웠을까?

스이란 씨가 젊어서부터 조직의 정상에 설 수 있었던 것도 어쩐지 이해가 된다.

우선 술에 취한 나바르 씨를 포함한 사절단 사람들을 방으로 옮긴 뒤 유황전에서도 사용했던 침입 방지 마도구를 집안 전체를 감싸듯 전개했다.

우선 이걸로 습격당할 일은 없을 것이다.

그래도 일단은 밍 가문의 사병에게 경계를 부탁하자.

만약 습격했을 경우 붙잡아서 증거로 삼기 위해서.

이게 다 하오 씨…… 그냥 하오라고 부르자.

하오가 벌인 짓이겠지.

이렇게까지 하다니 조금 집착처럼 느껴지기도 하는데.

이번 일로 그렇게까지 초조해진 걸까?

상당히 엘리트 같은 사람이었으니 실패를 용납할 수 없는 타입일지도 모르지.

하긴 그건 우리와 상관없는 이야기지만.

만약 정말로 습격한다면 우리에게 더욱 유리해질 테고.

오히려 공격해주지 않으려나?

오그에게 그런 소리를 했더니 크게 혼났다.

자각이 부족하다면서.

농담이었는데.

◆

『공작원들은 뭐하고 있나!』

어제와 마찬가지로 심야의 집무실에서 하오가 보좌관에게 소리쳤다.

그 말을 들은 보좌관은 공포로 위축되고 말았다.

『그렇게나 많은 인원으로 포위해놓고 누구에게도 손을 델 수 없었다고?!』

『그…… 그것이…… 습격하기 전에 이쪽 움직임을 알아차렸다고 해서 함부로 손을 델 수 없었다고…….』

『뭐라고?! 네놈들은 이 나라에서 최고 수준의 공작원이잖나! 들킬 리가 없을 텐데!』

『저…… 저도 그렇게 생각합니다만! 현장에 나간 공작원 전원의 이야기로는…… 어림짐작이 아니라 확실하게 자신들의 존재를 파악하고 있었다고…….』

『크으으! 쓸모없는 것들! 너희가 꾸물대니 밍 가의 용 가죽을 확보할 수도 없었지 않았느냐!』

『죄…… 죄송합니다!』

『이렇게 된 이상 어쩔 수 없군.』

하오는 그렇게 말한 뒤 잔혹하게 표정을 일그러뜨렸다.

『밍 가에겐 미안하지만 일족 전원이 강도를 만나 죽어줘야겠다. 그때 불행하게도 타국의 사자가 말려들지도 모르겠지만 말이야.』

하오의 말을 들은 보좌관은 곧바로 공작원에게 지령을 내렸다.

밍 가를 습격해 몰살하라고.

그때 반드시 용 가죽도 가져오라는 지시도 잊지 않았다.

그렇게 지령을 내리고 몇 시간 뒤.

보좌관은 이번에도 안색이 창백해졌다.

지금부터 그것을 보고해야만 하다니.

그렇게 생각하는 것만으로도 위에 구멍이 뚫릴 것 같았다.

그러나 보고하지 않을 수는 없다.

그렇게 생각하고 마음을 굳힌 뒤 집무실 문을 두드렸다.

『들어와라.』

『시…… 실례합니다.』

보좌관이 집무실로 들어오자 하오는 히죽이며 보좌관의 보고를 기다렸다.

그때 하오는 밍 가를 몰살하고 용 가죽도 전부 회수했다는 보고만을 기다렸다.

그러나 실제로 받은 보고는 전혀 다른 내용이었다.

『보…… 보고드립니다. ……밍 가 습격은 실패. 어떤 결계가 있어서 저택에 침입할 수도 없었다고…….』

그 보고를 들은 순간 하오는 힘껏 책상을 내리쳤다.

『나는 그런 보고를 바라지 않았다! 어째서 그따위 보고를 하는 거냐!』

『하…… 하지만 사실입니다! 게…… 게다가…….』

『뭐냐?! 뭐가 더 남았나!』

다음에 보좌관이 한 보고는 하오에게 엄청난 충격을 주었다.

『습격한 공작원 몇 명이 붙잡혀…… 밍 가에 연행됐다고…….』

보좌관이 그렇게 말한 순관 하오는 책상 위에 있던 컵을 보좌관에게 힘껏 던졌다.

하오가 그런 행동을 할 줄 몰랐던 보조관은 머리에 컵을 맞고 피를 흘렸다.

그러나 하오는 그런 보좌관의 상태는 전혀 신경 쓰지 않고 분노했다.

『붙잡혀?! 붙잡혔다고?! 그게 무슨 의미인지 알고는 있나!』

『…….』

보좌관은 그런 말을 들어도 머리를 짚은 채 전혀 입을 열지 않았다.

하오는 그것을 고통을 견디고 있을 뿐이라고 생각했다.

그래서 계속해서 호통했다.

『붙잡힌 공작원이 입을 열지도 모르지 않나! 알고는 있어?! 놈들이 입을 열면 성가셔진다!』

만약 공작원이 입을 열었다 해도 모르는 척하면 넘어갈 수 있다.

그러나 그것과 성가신 일은 별개다.

그 성가신 일을 피하고 싶었던 하오는 보좌관에게 계속해서 소리쳤지만.

『……』

보좌관은 하오의 호통을 들으면서도 아무런 말을 하지 않았다.

계속해서 고통스럽게 무릎을 꿇은 보좌관을 본 하오는 분노를 삭이지 못한 채 차갑게 쏘아붙였다.

『그만 됐다! 알겠나? 내일까지 밍 가에 가서 그 공작원들을 데려와라! 범죄의 증인이니 반드시 경찰에 넘기게 해라! 알겠나! 그만 가봐!』

하오는 그렇게 말하며 보좌관을 집무실에서 내쫓았다.

보좌관은 집무실을 나갈 때 고개를 살짝 숙였지만 아무런 말도 하지 않았다.

그리고 아픈 머리를 누르며 복도를 걸었다.

그 표정에는 방금까지의 겁에 질린 모습은 없었고, 분노만이 가득했다.

◆

밍 가에서 머문 지 이틀째.

아침에 일어나고서 깜짝 놀랐다.

밤중에 습격이 있었다고 한다.

침입 방지 마도구 때문에 부지 안으로는 들어오지 못했는지 결계 밖에서 우왕좌왕하는 습격자를 밍 가의 사병들이 붙잡았다고 한다.

자해라도 했다간 곤란하니 옷을 전부 벗기고 멍석에 말아 묶고 재갈을 물려 가둬뒀다고.

"진짜로…… 상식 밖이네."

"이렇게까지 나오다니. 신. 미안하지만 전에 사용한 그걸 빌려주겠어?"

"그거?"

"그…… 3국 회의 때 이스의 폭주에 사용한 그거 말이야."

"아, 그거."

3국 회의 때 시실리를 빼앗으러 온 이스의 폭주에 자백 강요 마도구를 사용한 적이 있다.

그때는 정말로 화가 나서 정신을 지배하는 마도구인데도 주저하지 않고 사용했던 기억이 있다.

덕분에 풀러의 악행이 밝혀져 시실리를 지킬 수 있었지만 역시나 정신을 지배하는 마법과 마도구는 사용하기 두렵다.

그래서 그 마도구를 봉인했었는데, 이번에는 그럴 상황이
아니다.

우리만이 아니라 밍 가 사람들도 말려들었다.

그래서 나는 오그에게 자백 강요 마도구를 건넸다.

그것을 든 오그는 무서운 얼굴로 습격자들을 가둬둔 곳으
로 갔다.

우리에겐 따라오지 말라는 말을 남기고 호위병만 데리고서.

참고로 나바르 씨 일행은 숙취 탓에 쓰러져 있었다.

나바르 씨…….

얼마 후 오그가 호위병을 데리고 응접실에 모습을 드러냈다.

그리고 우리에게 심문 결과를 알려주었다.

그 무렵에는 시실리의 치유 마법 효과도 있어 나바르 씨
일행도 부활했다.

"이 마도구는 대단해. 간단히 입을 열더군."

"네? 마왕님, 그런 물건을 갖고 계셨습니까?"

"긴급 상황에서만 사용하는 거예요. 이런 상황이 아니면
쓰지 않아요."

"그렇군요."

사실을 줄줄이 이야기하는 마도구니까 나바르 씨로서는
신경 쓰이겠지.

사업할 때는 상대의 속마음을 모르는 것이 보통이니 그것

을 알게 된다면 얼마든지 유리하게 상담을 이끌어나갈 수 있을 테니까.

하지만 이 마도구는 그런 일에는 절대로 빌려줄 수 없다.

어디까지나 이런 범죄의 심문에 사용할 뿐이다.

그것도 고문하면서까지 정보를 캐내고 싶은 경우에만.

그런 것을 고려하면 고문하지 않는 만큼 이것을 사용하는 편이 더 좋을지도 모른다.

"결과를 보고하지. 그 녀석들의 정체는 쿠완룽의 공작원. 명령의 내용은 밍 가 및 우리 사절단을 몰살하는 것. 그리고 밍 가에 보관된 용 가죽을 모조리 빼앗아오는 것이라고 한다."

그 보고를 듣고서 함께 있던 샤오린 씨와 스이란 씨를 포함한 밍 가 일동의 얼굴이 창백해졌다.

그리고 오그가 한 다음 말로 그 창백했던 안색이 붉게 물들었다.

"주모자는 하오라는군."

그 말을 들은 순간 어제까지 병으로 누웠던 스이란 씨가 우리는 알아들을 수 없는 말로 분노를 터뜨렸다.

그렇다 보니 샤오린 씨도 그 말을 통역해주지는 않았다.

통역할 수 없을 만큼 험한 말을 했겠지.

말은 모르겠지만 그 내용은 대충 짐작이 됐다.

"그래서 이제 어떡할 거지? 그 녀석들을 증인으로 내세울 건가?"

『아니요. 그래봤자 하오는 절대로 인정하지 않을 거예요. 오히려 그 공작원을 처리하려 들지도 몰라요.』

지금까지 하오가 저질렀던 짓을 보면 그 정도는 할 것 같다.

그렇다면 이제 어쩐다.

하오가 우리와 밍 가를 노린 것이 확실해졌으니 그나마 다행으로 여기고, 습격에 관해서는 인정하지 않을 테니 평범하게 강도 미수범으로 경찰에 넘겨야 하나?

그렇게 제안했지만 그건 스이란 씨가 만류했다.

『하오는 경찰에도 영향력이 있어요. 넘겨봤자 유치장에서 살해당하고 끝날 겁니다.』

그 자식 진짜 악당이네.

그럼 어떻게 할까?

『우선 자살하지 않도록 관리하죠. 그리고 중요한 타이밍에 하오에게 내밀어주자고요. 설령 인정하지 않는다 해도 녀석이 불리해질법한 상황에서요.』

그렇게 말하며 웃는 스이란 씨는 엄청 무서웠다.

병으로 야위어 있으니 무서움이 더욱 배가됐다.

이 사람은 적으로 돌리지 말자.

이날은 습격했던 공작원을 빼앗으러 올지도 모르니 어제보다 더 경계했는데 결국 아무도 오지 않았다.

오히려 어제까지 짜증 날 정도로 밍 가를 포위하던 기척도 완전히 사라졌다.

"어떻게 된 거지?"

어제는 하루에 총 세 번이나 집적댔는데, 오늘은 불리해질 수도 있는 증인이 있는데도 습격하지 않았다.

감시도 없었다.

어제와 너무나도 다른 상황에 오히려 수상할 지경이다.

그것은 오그도 마찬가지였는지 당황한 듯했다.

"전혀 모르겠군. 스이란 씨의 말처럼 습격할 거라고 생각했다만……."

결국 이날만이 아니라 다음 날도 습격이 없었다.

덕분에 그사이에 마석 거래에 관한 다양한 계약을 할 수 있었다.

물론 계약을 맺은 것은 스이란 씨와 오그, 나바르 씨 일행이었지만.

스이란 씨의 입장에서는 지금까지 박리다매로 팔았던 상품이 갑자기 고급품이 됐으니 상담하는 도중에는 항상 생글생글 웃었다.

기분이 좋으니 몸도 좋아졌는지 스이란 씨는 점점 회복했다.

시실리는 스이란 씨 곁에서 계속해서 치유 마법을 걸어주었다.

계속 함께 있다 보니 상당히 친해졌는지 실버를 살피러 갔다가 밍 가까지 데리고 와서는 스이란 씨에게 보여주었다.

아이를 한 번 유산한 스이란 씨는 실버의 귀여움에 푹 빠진 나머지 융하 씨에게 다시 아이를 갖고 싶다고 졸라대는 바람에 융하 씨의 얼굴이 붉어지는 상황도 있었다.

이렇게 우리는 예상치도 못하게 온화한 나날을 보냈다.

◆

『어이! 그 녀석은! 보좌관은 어떻게 됐나?!』

안색이 나빠진 하오가 보좌관을 불렀지만 모습을 드러내지 않았다.

지난번 부조리한 분노를 받은 보좌관은 하오의 명령을 무시.

일을 내팽개치고 명령을 일절 수행하지 않았다.

보고도 전혀 하지 않았다.

그 결과, 하오에게는 아무런 정보도 들어오지 않았다.

『이 자식…… 나를 우습게 여기다니…… 나중에 반드시 보복해줄 테니 각오해라!』

하오는 본인 이외에 아무도 없는 집무실에서 보좌관에게 어떻게 보복을 할지만을 생각했다.

집무실 밖에서는 그런 생각을 할 겨를이 없는 사태가 벌어졌는데도.

하오는 그것을 알 여지가 없었다.

◆

저번 교섭 이후 사흘째.

결국 공작원을 처리하러 올 움직임은 전혀 없었다.

예상이 완전히 허탕을 친 셈이지만 성가신 일이 없다면 그걸로 충분하다.

그렇게 생각하기로 하고 드디어 두 번째 교역 교섭에 나서기로 했다.

오늘은 밍 가에서 마차를 준비해주었으니 그걸 타고 유황전으로 갈 예정이다.

걸어가면 제법 머니까.

그렇게 교섭에 나설 준비를 할 때였다.

혈안이 된 고용인이 우리가 모인 응접실로 뛰어들었다.

"무, 무슨 일이에요?!"

내가 그렇게 묻자 고용인은 예상치 못한 말을 했다.

『요, 용이! 용이 대량 발생해 인근의 마을을 습격하기 시작했다고 합니다! 개…… 개중에는 마물이 된 용도 봤다는 보고도!』

그것은 우리가 줄곧 우려하던 일이었다.

■작가 후기

『현자의 손자』12권을 들어주셔서 진심으로 감사드립니다.

이번 12권부터 새로운 전개에 들어갑니다.

동방 세계에 대해서는 사실 『현자의 손자』를 연재할 때부터 생각했던 이야기로 이제야 슈트름 편이 끝나 쓸 수 있게 됐습니다.

생각보다 오래 걸리고 말았네요.

그리고 이번 권부터 새로운 인물이 등장했습니다.

네. 실버입니다.

새롭게 신 일행의 멤버가 되어 다른 이들보다 더 분위기를 휘저어주는 실버의 이야기를 쓰는 것은 상당히 즐겁습니다.

뭐, 제게는 아이가 없으니 실버의 말은 거의 상상의 산물이지만요.

실제로 아이가 있는 부모님들이 이 이야기를 읽으면 아이는 그렇게 반응하지 않는다고 말씀하실지도 모르겠습니다만…….

이 작품은 픽션이니 용서해주세요.

연인 사이에서 갑자기 아빠와 엄마가 된 신과 시실리의 대화를 쓰는 것도 무척이나 즐겁습니다.

연인이었을 때와는 다른 느낌으로 사이좋은 모습을 줄곧 쓰고 싶었거든요.

일반적인 이야기에서는 연인이 되고서 완결한다거나 결혼하면 완결하는 이야기가 많은 것 같습니다.

그 이야기의 뒤는 애프터 스토리 등으로 살짝 나오는 정도.

저는 항상 그 이후의 이야기도 읽고 싶다고 생각했었습니다.

그래서 없다면 스스로 쓰자는 생각으로 『현자의 손자』를 쓰기 시작했을 때와 같은 동기로 지금의 신 일행을 쓰고 있습니다.

바라는 것이 참 많죠.

일단 이번 권부터 새로운 등장인물로서 동방 세계의 샤오린과 리판이라는 두 사람도 등장합니다.

이 두 사람이 없으면 이야기가 진행되지 않으니 상당히 중요한 캐릭터입니다만…….

무엇보다 이 두 사람이 얽히면 스토리에 시리어스 성분이 생겨납니다.

조금 더 두 사람으로 놀고 싶기는 한데…… 꽤 어렵네요.

이번에 특히 어려웠던 부분은 나바르 씨의 사업 회의 장면입니다.

저는 실제로 이런 회의를 한 적이 없어서 이쪽도 상상으로 적었습니다.

그래서 어떤 이야기가 나올지, 그것을 나바르 씨가 어떻게 되받아칠지 무척 고민하며 썼습니다.

잘 썼다고 생각해주신다면 고생한 보람이 있겠네요.

그리고 이번 권을 읽어주셨으면 아시겠지만 저는 도시 전설과 같은 이야기라든가 초고대문명과 같은 가십거리를 굉장히 좋아합니다.

텔레비전에서 나오는 도시 전설 방송도 꼭 보고 CS방송에서 하는 엄청 마니악한 방송도 봅니다.

뭐 믿는 건 아니지만 만약 사실이라면 재밌겠다는 느낌으로 보고 있습니다.

에이, 아무리 그래도 그건 무리지. 싶은 이야기도 잔뜩 있지만 그중에는 정말로 재밌는 이야기도 있어서 그런 걸 봤을 땐 어쩐지 이득을 본 기분이 됩니다.

그럼 슬슬 감사 인사를.

항상 이모저모 스케줄을 조정해주시는 담당자님.

이번에도 사전에 회의했던 내용과 전혀 다른 방향의 에피소드를 넣어 죄송합니다.

그런 이야기가 떠올라버렸으니 어쩔 수 없었습니다.

그리고 항상 멋진 일러스트를 그려주신 키쿠치 선생님.

KADOKAWA 신년회에서 만났을 때도 말씀드렸습니다만 최근에 계속 원고가 아슬아슬하게 나와 정말로 죄송합니다.

다음부터는 조금 더 여유를 갖고 넘겨드릴 수 있도록 노력하겠습니다.

그리고 지금 『현자의 손자』는 감사하게도 네 가지 만화가 진행하고 있습니다.

본편과 외전, 그리고 스핀오프와 SS입니다.

본편의 오가타 선생님은 이제는 두말할 것도 없습니다. 항상 훌륭하십니다.

외전의 시미즈 선생님은 최근 나름대로 외전 이야기를 소화해서 독창적인 전개를 그려주셔서 무척 재밌어졌습니다.

스핀오프의 니시자와 선생님이 그리는 메이 일행은 상당히 귀엽고 재밌어서 정말 좋아합니다.

SS의 이시이 선생님은 오리지널 요소가 많아 저도 상당히 기대하고 있습니다.

이렇게 보니 저는 정말로 정말 좋은 사람들 덕을 보고 있다고 절실히 실감합니다.

앞으로도 잘 부탁드립니다.

그리고 이 책을 읽어주신 여러분, WEB 연재판부터 읽어주시는 여러분께도 최대한의 감사를.

앞으로도 『현자의 손자』를 부디 잘 부탁드립니다.

2020년 3월 요시오카 츠요시

남정네 캐릭터는
지나치게 아저씨처럼
그렸는지도 모르겠습니다……
조금 더 젊게 조정해야겠네요.
그보다 제가 디자인하긴 했습니다만
반라 차림이라니,
뭔가 위에 걸칠 것을
생각해야겠군요.

키쿠치 세이지

안녕하세요. 역자 김덕진입니다.

사실 본편을 작업하고 꽤나 지난 뒤에야 역자 후기를 적게 됐네요.

덕분에 작업하면서 적어야겠다고 생각해뒀던 후기 내용을 잊어버리는 바람에 다시 본편을 체크하고서 후기를 적는 중입니다.

역시 후기 작성이 제일 어려운 것 같네요.

그럼 각설하고 간단한 12권 감상을.

이번 12권을 시작으로 새로운 인물이 등장하면서 세계관이 크게 넓어졌습니다.

배경도 기존과는 다른 색다른 느낌을 주는 곳이라 앞으로의 전개가 더욱 기대되는군요.

특히 샤오린과 리판의 관계가 어떻게 될지 기대 중입니다.

그리고 리판은 삽화 담당이신 키쿠치 세이지 님의 후기를 보면 의상에 변화가 있을 것 같으니 이후의 모습을 즐겁게 기다려야겠습니다.

자, 그럼 이렇게 짧은 역자 후기를 마칠까 합니다.

부디 13권으로 다시 여러분께 인사드릴 수 있기를 간절히 바라면서 이만 줄이겠습니다.

그럼 항상 건강하시고 행복하세요.

감사합니다.

현자의 손자 12
합연기연한 동료들

초판 1쇄 발행 2022년 8월 10일

지은이_ Tsuyoshi Yoshioka
일러스트_ Seiji Kikuchi
옮긴이_ 김덕진

발행인_ 신현호
편집장_ 김승신
편집진행_ 권세라 · 최혁수 · 김경민 · 최정민
편집디자인_ 양우연
관리 · 영업_ 김민원

펴낸곳_ (주)디앤씨미디어
등록_ 2002년 4월 25일 제20-260호
주소_ 서울시 구로구 디지털로 26길 111 JnK디지털타워 503호
전화_ 02-333-2513(대표)
팩시밀리_ 02-333-2514
이메일_ lnovellove@naver.com
ㄴ노벨 공식 카페_ http://cafe.naver.com/lnovel11

KENJA NO MAGO Vol.12 AIEN KIEN NA NAKAMATACHI
©Tsuyoshi Yoshioka 2020
First published in Japan in 2020 by KADOKAWA CORPORATION, Tokyo.
Korean translation rights arranged with KADOKAWA CORPORATION, Tokyo.

ISBN 979-11-278-6518-4 04830
ISBN 979-11-278-3969-7 (세트)

값 7,800원

*이 책의 한국어판 저작권은 KADOKAWA CORPORATION과의 독점 계약으로
(주)디앤씨미디어에 있습니다.
저작권법에 의해 한국 내에서 보호를 받는 저작물이므로 무단전재와 복제를 금합니다.

*잘못된 책은 구매처에 문의하십시오.

"장래에 이쪽 나라들과
사업을 하고 싶습니다."
소녀는 미소를 지으며 설명을 해주었다.

밍 샤오린

신 월포드

"신 군,
좋은 아침이에요."
"아빠!"
"좋은 아침, 실버.
엄마가 만들어준 밥은 맛있어?"

슈투름과의 전투.
그것이 끝나고
이런 평온한 일상을 보낼 수 있게 됐다.
나는 그런 감상에 젖으며
스스로 수저를 들고
밥을 먹는 실버를 바라보았다.

실버

시실리 월포드